百花文艺出版社·编

我的读写四十年

天津出版传媒集团

百花文艺出版社

图书在版编目（CIP）数据

我的读写四十年 / 百花文艺出版社编. -- 天津：
百花文艺出版社，2019.1（2022.6 重印）
ISBN 978-7-5306-7562-5

Ⅰ．①我… Ⅱ．①百… Ⅲ．①散文集-中国-当代
Ⅳ．①I267

中国版本图书馆 CIP 数据核字(2018)第 214538 号

我的读写四十年
WO DE DUXIE SISHI NIAN

出版人: 薛印胜
选题策划: 徐福伟
责任编辑: 徐福伟　　**装帧设计:** 郭亚红
出版发行: 百花文艺出版社
地址: 天津市和平区西康路 35 号　　**邮编:** 300051
电话传真: +86-22-23332651（发行部）
　　　　　　+86-22-23332656（总编室）
　　　　　　+86-22-23332478（邮购部）
主页: http://www.baihuawenyi.com
印刷: 山东临沂新华印刷物流集团有限责任公司
开本: 787×1092 毫米　　1/32
字数: 120 千字
印张: 8
版次: 2019 年 1 月第 1 版
印次: 2022 年 6 月第 2 次印刷
定价: 49.80元

如有印装质量问题，请与山东临沂新华印刷物流集团有限责
任公司联系调换
地址:山东省临沂市高新技术产业开发区新华路 1 号
电话:(0539)2925886
邮编:276017

出版说明

　　今年是改革开放四十周年。我们邀约了老中青三代十几位知名学者文人,楼宇烈、钟叔河、谢冕、文洁若、葛剑雄、赵珩、薛冰、李辉、张宗子、严锋、韦力、董宁文、周立民,围绕"改革开放四十年来的读书与写作"这一主题展开各自叙述,或谈经历,或谈经验,全景展现四十年来读写生活的巨大变迁。在这一变迁中,我们希望,读者能体会到改革开放对于中国的伟大意义。

百花文艺出版社

2018 年 9 月

目　录

001　谈笑深时风雨来　李辉
　　　——在历史追寻中写作

038　我的史学研究与写作　葛剑雄

045　我的书缘　赵珩

056　我的电子阅读生涯　严锋

076　走自己的读写之路　薛冰

103　读书=做人　楼宇烈

116　我编书,我写书　钟叔河

141　我的读书生活　谢冕

158　读书与写作　文洁若

167　　意惬关飞动　张宗子
　　　　——我的读书与写作

190　　唯有读书写书不可辜负　韦力

201　　缘为书来滋味长　董宁文

221　　迷雾中的阅读　周立民

谈笑深时风雨来

——在历史追寻中写作

○ 李辉

复旦研究巴金，传承"讲真话"精神

未曾想，转眼间居然也到了回顾自己写作过程的日子。

一九七八年春节期间，刚刚参加过高考的我，在家乡湖北随县(今随州市)期待着录取书的到来。元宵节将近，一天我去打(当地话"打"即零买之意)酱油和醋。拎着空瓶子，走在街上，忽然迎面碰到我所工作的工厂——湖北油泵油嘴厂——负责招生的师傅，他喊道："李辉，你的入学通知书来了。是复旦大学的。明天到我那里去取。"

半个月后，一九七八年二月，我走进了复旦校园，成了复旦大学中文系七七级文学专业的学生。我们班的信箱号为七七一一,这个数字,从此成了我们班级的代号;我的学号是七七一一〇二六——它也是毕业证上的号码。

未来的个人行程,在这个春天起步。

当时真正称得上是历史转折时刻。真理标准讨论、思想解放、平反冤假错案、改革开放,一个新时代,仿佛早在那里做好了准备,在我们刚刚进校后不久就拉开了帷幕。印象中,当时的复旦校园是一个偌大舞台,国家发生的一切,都在这里以自己的方式上演着令人兴奋、新奇的戏剧。观念变化之迅疾,新旧交替的内容之丰富,令人目不暇接,甚至连气都喘不过来。关系融洽的同学,一夜之间,变成了竞选对手而各自拉起竞选班子;老师和学生在课堂上会因见解不同而针锋相对,难分高低;班上同学发表《伤痕》《杜鹃啼归》,点燃了许多同学的文学梦……现在,有不少论者将"八十年代"界定为"新启蒙时代"。就其时代特性而言,准确地讲,一九七八、一九七九两年,与二十世纪八十年代应该是一个整体。除了"真理标准讨论"和中共十一届三中全会之外,这两年期间发生的重大事件,如平反冤假错案,为地主、富农等阶层的子女摘帽,数以千万计的人拥有了平等的公民身份;重视知识,重视人才,知识分子作为一个群体重新得到重视……一切都为二十世纪八十年代的行进做了最好的准备和铺垫。

　　我有幸在这样一个时代巨变的转折之际，从内地一个县城，从社会经验肤浅、见识狭窄、知识贫乏的旧我，走进了一个让人眼花缭乱、充满新奇与吸引力的校园，拥有了一个永远值得留恋的班级。

　　一九七八年秋天，一次我与同窗陈思和闲谈，我们发现双方都对巴金的作品有兴趣，遂产生合作研究巴金的念头。陈思和虽比我只大两岁，但在进校之前，他已在图书馆工作数年，且有文艺评论的写作经验，有理论深度，擅长思辨。而我，虽二十有一，但自儿时起从未接受过好的教育，在名著阅读、写作训练诸方面，尤其显得幼稚与肤浅。当时自己最大的本钱，不过是好奇、热情、大胆。我丝毫没有考虑到自己的先天性知识欠缺，竟然毫不迟疑地决定与他一起研究巴金——当时非常陌生、非常棘手的一个课题。

　　现在想来，把巴金确定为最初研究对象，的确是一个不错的选择。首先，巴金是"五四运动"的"产儿"，从无政府主义运动的理论家和活跃分子，到成为著名的文学家、出版家，其丰富性、复杂性，值得系统研究。这促使我们一开始就必须尽可能把视野拓展，从思想史、文化史、文学史的多角度来阅读,来搜集资料,来加深我们对历史的认识与理解。其次,巴金在经历"文革"磨难后,重新拿起笔,发表《随想录》文章,开始以反思历史与关注现实的特点与新时代同行,他强调独立思考,倡导"说真话",深刻自我忏悔,这为我们的关注与研究提供了新的话题,使我们可以不限于故纸堆式的研究,而与现实有了直接关联。陈思和后来尝试将现代文学与当代文学打通,提出"新文学整体观"的思路,并把当代文学创作也作为重要研究对象;我后来从巴金研究,延伸到撰写与他同时代的其他作家的传记,以及研究相关文化史的专题;各自取向虽不同,但与我们的最初选择,有着必然联系和内在发展逻辑。

幸运的是,在刚刚确定合作研究巴金之际,我们便结识了贾植芳先生。贾先生在一九五五年被打成"胡风反革命集团"的"骨干分子",此时尚未平反,但结束了在印刷厂的劳动,临时回到中文系资料室工作。

中文系在校园西南角一幢三层旧楼。楼房多年失修,木楼梯和地板走起来总是嘎吱嘎吱作响。楼道里光线昏暗,但走进资料室,并不宽敞的空间,却令人豁然开朗,仿佛另外一个天地。资料室分两部分,外面是阅览室,摆放着各种报纸杂志;里面则是一排排书架,书籍按照不同门类摆放。一天，我走进里面寻找图书，看到里面一个角落的书桌前，坐着一个矮小精瘦小老头。有人喊他"贾老师"，有人喊他"贾先生"。我找到书，走到他的身边，与他打招呼，寒暄了几句，具体说了些什么，已记不清楚了。从那时起，我就喊他"贾先生"。后来，到资料室次数多了，与先生也渐渐熟悉起来。面前这个小老头，热情，开朗，健谈，与他在一起，没有任何精神负担和心理压力，相反感到非常亲切。每次去找书，他会与我多谈几句。有一次，我正在资料室里找书，看到一位老先生走进来与他攀谈。他们感叹"文革"那些年日子过得不容易，感叹不少老熟人都不在人世了。那位老先生当时吟诵出一句诗："访旧半为鬼，惊呼热中肠。"后来知道这是杜甫的诗句，写于"安史之乱"之后。

　　说实话，当时我对他们这样的对话，反应是迟钝的。更不知道先生此时刚刚从监督劳动的印刷厂回到中文系，历史罪名还压在他身上，对变化着的世界，他怀着且喜且忧的心情。我当时进校不久，虽已有二十一岁，但自小生活的环境、经历和知识结构，使得自己在走进这个转折中的时代时不免显得懵懂。许多历史冤案与悲剧，许多历史人物的是非曲直我并不知情。然而，不知情，也就没有丝毫精神负担，更没有待人接物时必不可少的所谓谨慎与心机。我清晰记得，当时自己处在一种兴奋情绪中，用好奇眼光观望着一切，更多时候，不是靠经验或者知识来与新的环境接触，而是完全靠兴趣、直觉和性格。

我和陈思和渐渐成了贾先生家里的常客。

在贾先生家，喝得最多的是黄酒，吃得最多的是炸酱面。后来，还是喝酒，还是吃面。听得最多的则是动荡时代中他和师母任敏的坎坷经历，以及文坛各种人物的悲欢离合、是非恩怨。他讲述文坛掌故与作家背景，关于现代历史与文学的广博见识和真知灼见，时常就贯穿于类似的闲谈中。他所描述的一个远去的时代，和那个时代的五光十色的人物，引起我浓厚的兴趣。将近四十年过去，这种兴趣依然未减，首先归于贾先生的熏陶，是他为我开启了走进历史深处的大门。

与课堂教学相比，我更喜欢这种无拘无束、坦率的聊天。在我看来，这甚至是大学教育真正的精华与魅力所在。一位名师，著书立说固然重要，更在于用一种精神感染学生，用学识诱导学生。在我眼里，贾先生就是这样一位名师。他教育我们：走学术之路首先要学会搜集资料、整理资料；研究作家必须读最早的作品版本，不要人云亦云，要有独立思考。他总是说，做人比什么都重要，一个真正的知识分子，人格不能卑微，要写好一个"人"字。许多年后，经历风风雨雨之后，我才更加深切地体会到这些教诲的重要性。

不久，贾先生邀请我们一同参加他主持的《巴金研究资料汇编》项目的工作。这是搜集资料、整理资料的基本功训练，我们眼前，一个新的天地顿时跳跃而出。

一九七九年年底，我和陈思和写出了第一篇论文《怎样认识巴金早期的无政府主义思想？》，贾先生帮我们寄给了《文学评论》的王信先生，后经过陈骏涛先生之手，刊发在一九八〇年的《文学评论》上。文章虽改成通信形式，但观点基本保留。我们当时还只是大三学生，文章能在学术界权威刊物上发表，可以想见我们的兴奋。

我们合作研究巴金，从大学期间一直延续到毕业之后的一九八四年，前后长达六年。最初的研究成果结集为《巴金论稿》，一九八六年由人民文学出版社出版，这是我们俩第一次出版著作。不能说最初的研究成果是出色的，但客观地说，最初迈出的步履是认真而踏实的。为了第一本书的诞生，我们付出了全部心血，在此过程中，得到了搜集资料、文本校勘、论文写作、理论分析等多方面的基本功训练。同时，最初的学术研究对象的选择，成为日后不可缺少的文化背景、思想背景。

口述史支撑的非虚构写作

一九八二年年初,大学毕业后我离开上海,到《北京晚报》成了一名记者。

初到北京时,我怀揣着贾先生写的几封信。他说我一个人独自来京,诸多不便,故介绍我去看望胡风梅志夫妇等亲朋好友。他虽不在身边,依然热心呵护我,引导我前行。在随后几年的来信中,他以自己的人生经验不断给我以教诲。他劝我一定要坚持学好外语:"千万不能放弃外文功夫。"(一九八二年七月十四日)他不止一次在信中开导我要借从事新闻工作的机会了解社会,认识历史:"你还年轻,在新闻界工作,接触的面较广,借此也可以多积累一些生活经验,了解中国社会现实,那对做学问是大有裨益的。"(一九八二年十二月七日)

开始几年,我是当文艺记者。一段时间里,晚报文体组只有两名文艺记者,一是过士行先生——后来以剧作家著称,创作了《鸟人》等话剧,负责话剧、戏曲、曲艺、杂技;一是我,负责文学、影视、音乐、舞蹈、美术等。当时尚无"娱乐记者"之说,更无娱乐专版,而是文、体新闻每日共同一个版。我得感谢这一安排,它让我能够很快熟悉北京这座城市,熟悉文艺界的人与事。

我很快进入了角色,每天在电影院、剧院、会场跑来跑去。如果不是当年的采访本帮忙,我真记不得这一年到底看了多少场电影,听了多少场音乐会,看了多少次展览。好在刚刚二十六岁,又未成家,一个人住在集体宿舍,有的是时间和精力,也就全身心地拥抱新的刺激了。

文体组记者少,版面却每日都有,这就给我这个新手提供了一个大舞台。只要你不想闲着,只要你愿意写,几乎都有见报的可能。记得有一天从头版到文体版,居然同时发表了我写的通讯、消息四篇。

这一年的六月,我接到毕奂午先生从武汉大学写来的一封信。毕先生是二十世纪三十年代诗人,曾与巴金的三哥李尧林、诗人何其芳同在天津南开中学当过教员。我在大学期间经贾先生介绍与他相识,每次回湖北都会去看望他。毕先生来信写道:

李辉同志:

信接到。我们都很惦记你。常读到你在报纸上写的简明而有文采的报道。师母每天读报时总是先找晚报上你写的文章看。在北京我的一些老朋友中有三十年代就写报告文学的人，知名的有萧乾。我初学写诗文时他是《大公报》文艺副刊的编辑。同我很好。他是斯诺的学生，也是巴金的朋友，他在人民文学出版社工作。他的旧作最近重印了好几部。我最近收到他寄来的一本《栗子》。他英语很好，口语流利并有英文著作。他常出国访问。在北京遇到时可提一下，或可得到他一些指导。你既写文学艺术方面报道多，这样是否可以结合实际工作再多读一点文艺理论方面的书，从技巧研究到流派思潮到作家评传。有时间还可写较大一点的文章，如罗曼·罗兰写的《米开朗琪罗传》《贝多芬传》那样的论著。这是我一点粗浅的设想，你当然比我想得更切实更有规模一些。贾老师任敏老师处我久未写，也很想念他们。

专祝

进步。望有暇时写信。

奂午

六月廿五日

许多年后，重读毕先生的信，我发现，后来我所选择的写作方式与题材领域，实际上与他最初的建议相吻合。

由于做记者，时间与写作显得零碎而人难以沉静下来，加之个人也缺乏理论修养和严密的逻辑思维能力，在大学开始的文学研究与论文写作，最终未能继续下去。此时，晚报副刊同事辛述威先生调至中国文联出版公司，我去看他，他鼓动我选一个熟悉的人物写一本传记。我挑选了萧乾——他是巴金的朋友，又是沈从文的弟子，二十世纪三十年代"京派文人"中的重要一员；他是文学家、翻译家，还是著名记者和副刊编辑。他丰富的一生，对我很有吸引力，特别是二战期间在欧洲担任战地记者的传奇经历，尤其让我兴趣浓厚。为他写传，既可以拓展我的视野，又可以使我在忙碌与琐碎的工作中，找到相对适合我的性格和新闻特性的写作方式。于是，我转向了传记文学写作。二十世纪八十年代中期，除《浪迹天涯——萧乾传》之外，我又撰写了另一位新闻界前辈刘尊棋先生的传记《监狱阴影下的人生——刘尊棋传》。这两本传记的创作，是新的尝试，也是为后来的写作积累经验。

在二十世纪八十年代后期，对于我真正具有重要意义的、付出心血最大的，无疑是《文坛悲歌——胡风集团冤案始末》一书的写作。

早在复旦大学与贾先生交往的过程中，我就陆续认识了他的一些友人。这些曾被描绘为"青面獠牙"的文人，在我眼里却是那么亲切、可爱。他们性格各异，文学成就不一，在命运折磨面前的表现也互有差异。他们是历史旋涡中一片片落叶，被抛起又摔下，落叶上，记录着历史的季节替换。

一九八四年，做记者的我，萌生了搜集和记录胡风集团冤案过程的念头。当时，胡风集团的平反还不彻底，许多话题在报章上甚至还是禁区。我只是本能地觉得，应该趁许多当事人健在的时候，尽量进行采访，留下第一手的口述实录，为后人的研究留下一些资料。我把这一设想写信告诉了贾先生，他当即来信，从更深广的历史角度启发我。他在信中说：

> 你着手就一九五五年胡案编一本系统性的材料，我觉得倒是一个值得下点功夫整理的课题……因此你这个设想还值得努力。国外，也注意到这个题目，因为它的历史意义不同寻常，就当代文学论争范围来说，它是"极左"路线的一个起点，也是文艺界受

灾难的开端,不仅对我国的文艺界创痛深远,而且在政治上后果最重,影响深远。明朝的东林党事件后(这也可称之为东林事件的新版),曾在清朝出现过两本书《东林始末》《东林事件》,它的体例,值得参照。我曾想了一个饶有兴趣的书名《胡儒学案》,因为中国历史上,曾有过《宋儒学案》《明儒学案》一类书名的书籍,都是记述一代士林的,换言之,此类体例的文献资料书,在我国也算古已有之。我希望趁现在这些人多半还活着,业余不妨即行动手进行,当然它的付印出版,恐怕不能期之最近,其中原因,不说自明。(一九八四年十一月十七日)

贾先生启发了我,促使我走进了追寻历史的大门。四年之后,编一本资料集的想法有了改变,转而创作了一部三十余万字的长篇历史纪实,即一九八八年十月发表于《百花洲》第五期的《文坛悲歌——胡风集团冤案始末》。

研究中国现当代史,不难发现,由于中国的文学和政治的密切纠缠,使得文人之间、文人和政治之间的关系错综复杂,有相当大的理解难度。特别是胡风集团冤案,牵扯到文艺界的宗派主义、历次政治运动的相互影响……

远非一个单一角度或单一层面能梳理清楚。我为此感到困惑。复杂性如何理解,如何描述?譬如,我本人和贾先生的师生关系,是否会影响到我对胡风集团事件相关人与事做出客观、冷静的描述?写作过程中,想法渐趋明确,写胡风集团冤案的全过程,不能简单地为受害者辩诬叫屈——当然应该为受害者求得历史的公正——更重要的,应该把历史旋涡中内在的东西,如权力与自由精神、宗派与宗派主义、人性与兽性、清醒与懵懂……尽量客观地呈现出来。我并未做到这些,但我却试图这么去做。

《文坛悲歌——胡风集团冤案始末》杀青,其时正好是我将迎来三十二岁生日,我在后记中坦承,自己无法做到深刻,但却愿意当好一名"记者"。我写道:

> 写这本书,我越来越感觉到与其说自己是一个作者,不如说是一个"记者"——名副其实的记者。从全书来看,所尽到的责任和完成的任务,无非是在记,记当事人的谈话,记从报章上抄下来的文字,记侥幸地从不同的角度获得的第一手资料。除此之外,我还做了些什么呢?没有精心设置的结构,基本上是按时间发展顺序平铺直叙;没有深刻而酣畅的议论,

仅仅在事实的叙述中间或流露几句感叹；没有生动的场景描绘和心理剖析，一切都让位于也许是枯燥的、直截了当的叙述。一个作者应有的主观色彩，只是淡淡地残留在字里行间。

形成这样的定局，或许是自己认为，比起书中几十位人物二十多年坎坷的命运，一切精美的文字也会显得苍白。批判、被捕、狱中、受难的妻子、受株连的人……每当想到这些，我都会被上述观点所左右，于是，最后出现的便是一个"记者"的书，而不是"作者"的书。

如今，再看当年作品，我觉得以"记者"身份来追寻历史、记录历史，其实是一个明智选择。随着更多史料的发现，随着每个研究者思想深度的不同，对于历史事件的论述必然会有所变化并逐步深入。近些年来，关于胡风以及胡风集团冤案的回忆录、研究专著已出版多种，它们在史实提供、理论分析、历史思考诸方面，其丰富性、准确性和深度，远非拙著所能企及。但我所亲历的事件过程，所采访到的当事人的口述，却无法重现。我为自己以"记者"之笔而成为较早的历史叙说者感到自豪。

许多年过去,我所采访过的、熟悉的一些前辈,相继辞世,我永远怀念他们:胡风、梅志、路翎、贾植芳、任敏、鲁藜、曾卓、罗洛、王戎、王元化、耿庸、彭燕郊……

完成《文坛悲歌——胡风集团冤案始末》之后,我一度雄心勃勃,计划接着再写两本书:《一九五七年的文坛》与《"文革"中的文坛》,以构成"当代文坛三部曲"。我还计划写一本《周扬传》。可惜,这些构想最终未能完成。现实环境与个人写作心境的变化,历史头绪的繁复与相关史料搜寻的困难,评判当代政治、文化史的诸多局限,种种因素将人制约。历史与现实的重负下,我脆弱而苍白。我深知没有能力和魄力来驾驭如此重大的题材。

我至今仍觉得周扬是一个值得花大力气研究的重要对象。在二十世纪中国思想文化界,周扬是跨越时代的非常具有代表性的人物。自二十世纪三十年代初与鲁迅发生矛盾,发展到后来对胡风、冯雪峰、丁玲的打压,周扬的宗派主义贯穿了中国长达数十年的左翼文艺运动。与此同时,他自己的思想演变脉络与历史变革密切相关,左联时期—延安文艺座谈会前后——九四九年至"文革"爆发前十七年—"文革"结束后讨论人道主义异化问题时期……在这些不同历史时期,由于个人地位、身份的特殊原因，周扬身上表现出的复杂性、特殊性，在思想文化界可能没有任何一个人可以与之相比，作为研究对象，他有着沉甸甸的历史分量。

基于这一考虑，尽管二十世纪九十年代初没有完成《周扬传》，但我采写并整理出一本《是是非非说周扬》，也算对自己的一个安慰。因为这毕竟是与《文坛悲歌——胡风集团冤案始末》的一个自然衔接。当时想到，既然暂时无力系统而深入地描写周扬，还不如借用国外"口述实录"的形式，采访与周扬不同关联的人。我先后采访夏衍、林默涵、梅志、贾植芳、陈明、曾卓、温济则、王若水、于光远、李之琏、王元化、贺敬之、华君武、袁鹰、龚育之、顾骧、周艾若、周迈等数十人，他们中间，或是与周扬亲近的友人，或是他的家人，或是他的同事，或是受到过他打击的受害者……关系不同，视角不同，细节不同，甚至同一事件同一场面的叙述，因为每人的亲疏不同而有差异。现在看来，采取"口述实录"虽然不是我最愿意采用的写作方式，但却有其意外收获，因为多角度的个人叙述，正可以避免先入为主，避免单一性叙述，从而能立体地多角度地凸现出周扬的复杂性，为读者和研究者提供更大的认识空间和思考空间。

由此来看,在叙述历史的过程中,既当好"记者"角色,又要用好非虚构写作这支笔,无论何时何地,都有其特殊作用和价值。

沧桑看云,绝响谁听?

我常说自己是个运气很好的人,常能在人生关键时刻遇到文化前辈的指点与帮助。在大学,我遇到了贾植芳先生,他深深影响了我的研究与人生。而在二十世纪八九十年代,对我的文学写作影响最大的是萧乾先生。

萧乾先生是新闻界、文学界的前辈,编辑副刊的高手,我到北京后,他既是我的采访对象,又是我的作者,二十世纪八十年代他的几个重要系列文章,如《北京城杂忆》《"文革"杂忆》《欧战杂忆》,都是交由我在《北京晚报》"五色土"副刊发表。一九八七年我调到《人民日报》"大地"副刊后,他依然不断赐稿,一直到一九九九年去世。《浪迹天涯——萧乾传》则是我创作的第一本传记,他还推荐与介绍我去写新闻界老前辈刘尊棋的传记,鼓励我去写吴祖光新凤霞夫妇……

萧乾写给我的信近两百封,每次翻阅它们,都让我重温往事，感受温暖。这些信，记录了他在将近二十年的时间里对我的关爱和帮助。从传授写作技巧、词语修饰，到推荐写作对象、针砭时弊；从指点行事风格、交际方式，到关心婚姻、评论作品……有批评，有误会，有开导，人生遇到的方方面面，他几乎都在信中写到了。一次，我寄去一篇文章请他看。他回信说："短文读了，也做了些改动。你很会抓题材，写起来也能抓到要点。文字还可以再考究些。首先语法上要顺，其次句子组织得不宜过松散。我是很在乎标点符号的——学过外文的人，一般这方面较严格。我改了不少你的标点……"

最令人难忘的，是他在一九八九年鼓励我，鞭策我，使我得以继续以文化方式追寻历史。记得那一年，历尽沧桑的萧乾连续给我写来好几封长信，以他的亲身经历和人生感悟开导我。他希望我不要沉沦下去。他在信中说："我强烈建议你此时此刻用具体、带强迫性的工作，把自己镇定下来。什么叫修养？平时大家都一样，到一定时候，有人能坚持工作，有人心就散了。人，总应有点历史感，其中包括判定自己在历史中的位置。心猿意马？我认为缰绳不可撒手。在大雾中，尤不可撒手。这几年你真努力，你应肯定自己的努力。要有个'主心柱儿'，不因风吹草动就垮。"一位前辈,能够如此推心置腹,读之岂能不为之感动而奋起？如果说自己这些年没有消沉,没有离开温馨的文化园地,萧乾在关键时刻的敲打,无疑起到重要作用。

那一年的秋天,我终于让自己沉静下来,开始一项与以往的写作完全不同的工作——校勘沈从文的传记作品《记丁玲女士》。启发、鼓动我做这一研究的,是作家、藏书家姜德明先生。

早在《北京晚报》时期,我因约稿而与姜先生结识。当时他已离开《人民日报》副刊而担任人民日报出版社社长,正是在他的鼓励下,我在写《浪迹天涯——萧乾传》的同时,围绕萧乾早期的著作《书评研究》编选了一本《书评面面观》,集中反映二十世纪三十年代中国书评理论与实践的状况,交由他出版。我一九八七年秋天调至人民日报社文艺部,恰好与他在同一栋办公楼工作。他在一楼,我在二楼,我有了更多向他讨教的机会。

一九八九年秋天,一次闲谈中,我与姜先生谈到了沈从文。他告诉我,沈从文抗战前后在良友图书公司出版的《记丁玲》与《记丁玲(续)》,与先期发表于天津《国闻周报》的连载《记丁玲女士》相比,有不少删节。他说,年轻时他曾想找出来进行校勘,却因人总是处在社会动荡中而未能如愿，如今终于安静下来，年岁却大了，已无更多精力来做这种事情。他建议我，不妨花些气力与时间，做做这项工作。

人正在飘的感觉中，以校勘来磨炼自己性情，来充实学识，确有必要。何况，因为研究巴金和萧乾的缘故，到北京后我就与沈从文有了接触，写过关于他的报道和评论，现在，从他的文本研究入手来深入认识他，应该说是一个有趣的课题。

十分运气，报社图书馆里正好藏有一整套二十世纪三十年代的《国闻周报》。我分别从唐弢先生和范用先生处借来《记丁玲》及续集两种，再借出《国闻周报》，一页又一页，一句又一句，对照着字句的细微变化。几个月时间里，我成了图书馆的常客。静静校勘中，我告别了一九八九年。静静校勘中，我看到了许多年前生动的历史场景，看到了两个著名作家个体生命在时代大变革之中发生的复杂变化，而这种变化又折射出了整个知识分子群体的分化、矛盾甚至对立。

有一天，校勘最终诱发我开始追寻这两个作家的交往史。我试图借梳理六十年间他们由相识、相助、合作、友好到隔阂、淡漠、矛盾、反目的全过程，描述他们那一代知识分子的苦闷、彷徨、奋斗、抗争乃至寂寞、磨难等。走出图书馆的我，又像过去一样，开始了四处访谈、通信求证的工作。先后与施蛰存、赵家璧、萧乾、刘祖春、陈明等人通信与采访，最后完成了《恩怨沧桑——沈从文与丁玲》一书。

至今我仍然喜欢这部作品，不仅仅在于它帮助我完成了两个年代的替换，也在于它使我对写作形式的运用有了新的认识与体验。就叙述风格而言，受其直接影响的，就是随后连续三年的"沧桑看云"系列文章的写作。

大约在一九九二年春天，《收获》的李小林女士约请我开设一个专栏，集中写"五四"时代之后的文化人物与文化事件。在此之前，我在《读书》上发表过《恩怨沧桑——沈从文与丁玲》中的部分章节，还为《收获》写过关于沈从文的《平和，或者不安分》、关于巴金的《云与火的景象》等散文，她喜欢这种人与事的叙述方法，鼓励我按照同样风格写一个系列。

我欣然答应。我喜欢"行到水穷处，坐看云起时"诗句，这是一种个人与现实的生存状态，也是写作者与描写对象之间的历史呼应关系。基于此，我把栏目定名为"沧桑看云"。连续三年，十八篇"沧桑看云"，我选择郭沫若、梁思成、老舍、邓拓、吴晗、聂绀弩、姚文元、赵树理、胡风、瞿秋白等文化人物作为叙述对象。

"沧桑看云"系列的写作，对自己的挑战是多方面的。

这是历史研究的挑战。一篇文章写一个人物，虽非完整的传记，却需要对其一生有较为系统与完整的把握，需要尽可能地择选出凸现其命运与性格的人生环节。这也是写作风格的挑战。为《收获》这一文学刊物写，就应与《读书》等文化类刊物有所不同。资料运用与文学渲染两者关系如何处理，人物命运与历史场景如何相互映衬，都必须细加处理。写作时，我并没有考虑到底属于"学者散文"还是"作家散文"，我只想以浓缩的方式，挖掘所写对象的性格与时代的关系，假如人物命运的描述中能够漫溢出诗意，当然更好。

我一直看重史料在研究与写作中的作用。写《文坛悲歌——胡风集团冤案始末》如此，写"沧桑看云"时也如此。都说史料是死的，是枯燥的，然而，一旦它们与人物命运紧密相连，就不能不让人产生种种难以言说的感觉。坦率地说，从事文学研究和历史研究的人，常常面临两难境地。一方面我们必须仰仗研究对象的回忆，从中发现历史线索和研究话题；另一方面，我们又必须警惕个人回忆中的有意或无意的过滤、拔高甚至编造。随着时间的推移，随着研究的深入与个人年岁的增长，与回忆录相比，我更倾向于相信历史档案的价值。日记、书信、档案文献等史料，尽管在使用时也需要小心翼翼，详加分析，但这些材料毕竟能提供更多的历史信息。于是，自二十世纪九十年代以来，除了策划出版一系列回忆录之外，日记、书信、档案的整理出版，也成为我特别侧重的事情。因为在我看来，研究历史，需要来一番认真细致的梳理。诚然，在历史研究中需要宏观描述和概念的归纳，但这一切都应该建立在大量的历史事实、细节之上，不然就会容易失之于片面、笼统，甚至虚假。在当代中国，正史撰述长期存在空白与片面，民间修史又十分欠缺，这就更需要我们大力搜集和整理更多的历史档案。

搜集史料，也有机缘巧合。在这方面，三十年间我的最大收获是意外发现杜高档案。

二十世纪九十年代初，一次我从北京著名的潘家园旧书摊那里，淘到一大批中国戏剧家协会二十世纪五六十年代的档案材料。材料是由当年专案组整理出来的，包括个人检讨、互相揭发、批判提纲和批判会议记录等，涉及周扬、田汉等不少文坛重要人物，以及一九六四年"文艺整风运动"等某些重要历史事件。特殊年代的遗物,对于研究历史、档案制度乃至各种特殊文体,显然有着不可取代的作用。在这些材料中,最完整的是戏剧家杜高的个人档案,它们历史跨度十多年,始于一九五五年反胡风集团期间,历经反右及之后长达十二年的劳改生活,结束于一九六九年被摘去右派分子帽子并释放回家。几十万字的交代、揭发、外调、批判、总结、评语、结论等,构成了一个庞杂的世界。档案的完整让人惊奇。批判会上的领导人随意写下的小纸条,每年必填的表格,都原封不动地按时间顺序装订成册。

得到它们,可谓千载难逢,难怪有朋友说我挖到了一个"金矿"。杜高先生看到这些档案时,激动而难过。但他表现出严肃的态度和宽阔的襟怀,本着对历史负责,对后人负责的精神,他和夫人同意并帮助我将之整理出版。《一纸苍凉——杜高档案原始文本》整理完毕,我原来在《北京晚报》副刊同事、邓拓先生的公子邓壮得知,他在中国文联出版公司任编辑,积极推动出版。最终如愿以偿——这是难得的、独一无二的文本,恐怕也要算这些年来我在史料搜集与整理方面得到的最大收获。

时间过得太快,到二〇一〇年岁末,距我走进复旦大学的日子,已经过去快三十年了。一位创办"读库"的好朋友张立宪(老六)出版一本书,书名就叫《闪开,让我歌唱八十年代》。是的,许多年过去,多少人由少年成为青年、由青年成为中年、由中年成为老年……各有各的记忆,各有各的故事,各有各的叙述指向。

我想到曾经接触过的许多文化老人。他们从"五四"走来,从二十世纪三十年代走来,与我们一同走进二十世纪八十年代。然后,他们渐行渐远,身影从此消失,不可能加入到集体回忆的行列。二十世纪八十年代的记忆中却不能没有他们。没有那些旋转不定的苍老身影,二十世纪八十年代不会呈现千姿百态的景象;没有那些高低起伏明暗互现的声音,二十世纪八十年代也不会浑然而成一曲历史交响;没有那些走在前面的跌跌撞撞,不会有后来者头顶上渐次拓展的天空……

幸运的是,在二十世纪八十年代拉开帷幕时,一九八二年我毕业后前往北京,以文艺记者和副刊编辑的身份,走进文化界的风风雨雨。因此,我愿意在记忆里,在书信日记文献里,重拾亲历,以自己的方式走进二十世纪八十年代的集体回忆——再看那些老人的身影,再听嬉笑怒骂长吁短叹,再触摸丰富而复杂的内心。

这个"绝响谁听"专栏，依旧在《收获》开设。我写了六篇，叙述从一九七八年至一九八四年之间我所亲历的那段历史。结集由三联书店出版时，书名改为《绝响——八十年代亲历记》，将目录重新调整，依次为：一、伤痕何处；二、归来；三、舞台旋转；四、风从远方来；五、向左走，向右走；六、甲子年冬日。

黄庭坚诗云："桃李春风一杯酒，江湖夜雨十年灯。"我非常喜欢。于是，在历史场景里举自己的酒杯，听历史绝响。

"历史就在我们每个人身上"

一九九七年，我去看望翻译家董乐山先生，他向我推荐了一本英文著作：美国作家、哈佛大学费正清研究中心研究员彼得·兰德于一九九五年出版的英文传记类作品《中国通：美国记者在革命中的冒险与磨难》。全书每章以一位或两位著名美国记者为主进行描写。他们有中国读者比较熟悉的斯诺夫妇、史沫特莱，更有一些后来我们虽不大提及但当年却是叱咤风云的记者，如一九二七年中国大革命时期的瑞娜、二十世纪三十年代初白色恐怖时期的伊罗生、抗战期间的白修德、国共内战时期的史蒂芬等。围绕这些不同时期的主人公，该书展开全景式的历史场面描写，从孙中山、宋庆龄、斯大林、蒋介石到罗斯福、史迪威、马歇尔、陈纳德等，上半个世纪在中国出现的重要人物与发生的重要事件，都在该书中得到呈现。

董先生说，这本书有很高的历史价值和文学性，在传记写作、史学研究和文学叙述诸方面，都很出色，这样一本与中国有关的著作，值得介绍到中国。他说该书的内容肯定会引起我的兴趣，并建议我抽时间将它翻译出来，还慨然答应可以在翻译过程中帮助我。幸好多年来，不少先生鼓励我不要放弃英语，二十几年的每天中午，都坚持翻译诗歌、散文、小说，这才使我可以将此书翻译出版，也为后来将《时代》的报道予以翻译，成为每篇文章中的有力支撑。

在当代翻译家中，我非常敬重和钦佩董先生。他把翻译的选择，与对命运的感触、对历史的关照紧密联系在一起。当他在"文革"之前决定动手翻译《第三帝国的兴亡》时，这种翻译与人生的关系便开始形成。从那时起，一直到他生前最后出版的几本译著《西方人文主义传统》《奥威尔文集》《苏格拉底的审判》，他所翻译的各种不同史著、回忆录、小说、理论著作，与他的所有书评和杂文，构成了一个整体，将他作为一个知识分子在当代中国所发挥的独特作用表现得美丽无比。在二十世纪八十年代中期编辑副刊时我与他建立联系之后，我们的交往从来没有中断过。二十世纪九十年代，两家离得很近，我常常去看望他，或约稿，或请教英语翻译方面的问题，有段时间则是帮他整理回忆录。这一次，他的提议令我喜出望外。我相信他的眼光，同时，有机会在他的指导下进行翻译，更是难得的机会。我欣然同意。很快，在他的帮助下，通过他在美国的哥哥董鼎山先生，我与作者取得了联系。

翻译该书的过程，也就是我走入历史的过程。彼得·兰德用他的笔重现了业已消逝的那段历史和历史场景中的美国记者的命运。从我个人来说，我把翻译该书看作是自己多年来写作和研究的一个自然延伸。彼得·兰德在作品中浓墨重彩描写的一些人物，如斯诺夫妇、伊罗生，我曾分别在《浪迹天涯——萧乾传》和《监狱阴影下的人生——刘尊棋传》中写到过，因为在两位传主的人生中，这些美国人曾是较为重要的角色。我为自己过去的创作与该书有这种关联而感到高兴。

不过，动手翻译此书时，我并没有想到，这一次的翻译将拓展了我随后十年的研究领域,我的写作,也由主要描写知识分子的命运,而转为重点追寻和叙述民国史。

世上许多事都是机缘巧合。

我在翻译的过程中,曾在《寻根》杂志上开设一个历史随笔专栏,结合该书内容写不同的历史话题。这一组文章,引起了中央电视台"纪录片"栏目的制片人陈晓卿、编导萧同庆等诸位先生的兴趣,他们提议将之拍摄成八集专题片,题为《在历史现场——外国记者眼中的中国》。这是令我为之兴奋的提议。为此,我专程前往美国,拜望彼得·兰德先生,到美国国会图书馆、国会档案馆,查阅与搜集相关文献资料、影像资料。

二〇〇一年七月下旬,坐在华盛顿的美国国会图书馆里,我借出一九二三年、一九二七年、一九四三年的全部《时代》周刊。《时代》自一九二三年创刊起,每期封面都会选择一个主题,且以人物为主。在一九二七年、一九四三年的刊物上,有两期封面人物是中国人:蒋介石、宋美龄。翻阅时,我忽然有了一种好奇:从一九二三年到二十世纪末,将近八十年的时间里,到底有哪些中国人出现在《时代》封面上?这是一种本能的、职业的好奇。时间匆匆,我未来得及在国会图书馆求证这种好奇,但是,带回了这三年刊物上报道中国的复印件。

几个月后，同事袁晞送给我一本画册，我眼睛顿时一亮:《历史的面孔——〈时代〉杂志的封面(一九二三—一九九四)》。这正是我想看到的!

《时代》近八十年里的几千个封面悉数汇集，为历史好奇者提供了最好线索。将近八十年时间里，陆续成为封面人物的中国人有:吴佩孚、蒋介石、冯玉祥、阎锡山、汪精卫、溥仪、宋美龄、宋子文、陈立夫、陈诚、吴国桢、毛泽东、周恩来、罗瑞卿、刘少奇、李富春、陈毅、林彪、江青、邓小平等。在他们中间，出现次数最多的几位依次是毛泽东、蒋介石、邓小平、周恩来。一本专门研究《时代》封面人物的专著《谁在〈时代〉封面上?》，作者列努斯有句话说得很好:"那些经常出现在《时代》封面上的人物，必将被收入历史课本。"当我排列上面那些中国人物的姓名时，脑海里浮现的正是风云变幻、场面恢宏的二十世纪中国的历史画卷。

有一天，我终于决定推开好奇这扇窗。在旅居美国的友人万树平兄的帮助下，我开始搜集封面为中国人物、中国事件的《时代》杂志以及相关著作和资料。翻阅它们，就是翻阅历史，就是浏览丰富多彩的世纪人物画廊。不同年代出现的不同人物,将之串联起来予以解读和叙述,我想会是一部别致的二十世纪中国史。这是一个美国刊物与中国二十世纪历史之间的故事。但在更大程度上,它也是中国历史自身的故事,一个如何被外面的世界关注和描述的故事,一个别人的描述如何补充着历史细节的故事。他什么时候出现?为什么选择了他?他又是如何被描述?甚至,在我看来,有哪些重要遗漏?这些,都将是解读与叙述过程中应有的话题。我的这一写作想法,与《收获》主编李小林女士沟通后,又一次得到他们的支持。

二○○四年,适逢新的猴年来临,白岩松请来四位属猴者,在央视做一个关于猴年记忆与猴年展望的谈话节目。四人分别为:一九四四年,李谷一;一九五六年,李辉;一九六八年,白岩松;一九八○年,金铭。节目中,我谈到新的猴年有两个愿望:学会滑雪和开始写"封面中国"。高兴的是,两个愿望,都在猴年实现。第一篇"封面中国"于二○○四年十一月完成,发表于《收获》二○○五年第一期,我沿着《时代》封面人物的线索,走进二十世纪的中国史。

过去在"沧桑看云"系列文章中写知识分子,对人物的内心、人物活动的细节考虑得多一些,对历史的感慨、议论也多一些,"封面中国"则是尽量减少主观色彩。这应该是学习史学散文的写法。就文学特性来讲,从标题、结构、文字上都有一些考虑。另外,报道的译文也注意讲究文学性。《时代》追求一种新闻与文学相结合的报道方式,在新闻的表述上也是追求文学性的。它强调讲故事,每一篇文章的开头都讲文学性。我在写法上还注意糅进一些游记的特点。比如我去参观阎锡山的故居,就从他的故居的布局、山西建筑的曲折特点来表现阎锡山复杂、狡黠的性格。我努力在史实的描写后面,穿插一些场景的描写和文艺性的叙述。"封面中国"虽更接近于历史,但有文学的架构在其中,我希望追求一种从容不迫的叙述风格。

借助外国报刊的报道,告诉读者当年的历史曾经这样被人描述过,这是我首先想做到的一点。这些封面人物过去的史书也都谈到过,问题是,概念比较多,或者是比较粗线条的。当年的报道有很多细节,由于种种原因,没有被史学家和史书反映出来。于是,我就想着如何通过串联当年报道,写人的命运,写当时的事件。历史是由细节构成的,这是了解历史至关重要的一点。几十年来所做的不少工作,一直做着填补历史细节的工作,在这一点上,"封面中国"的写作,与这些工作在历史精神上是一致的。

挖掘不同细节,在此基础上尽量还原历史原貌,在当今中国越来越显得紧迫与必要。我们如今面对的窘状是，历史正在被淡忘、被过滤、被娱乐化、被简单化，甚至如电脑一样被格式化。帝王戏风靡一时，歪说戏说大行其道，真正严肃而负责任的历史梳理和回忆，则难以施展身手；史著简单化雷同化，从中看不到历史的全貌和丰富细节，更难看到史学家的独立思考；各类教材千篇一律，线条与结构相同，堆砌概念的方式相同，连叙述语言的味同嚼蜡也如出一辙……如此种种，历史的丰富多彩与错综复杂，在被有意或无意地删减过滤之后，早已失去了本来的模样。人们习惯于臧否时事慷慨激昂大发宏论，或者在网络世界以片言只语挥洒激情。但是，人们没有意识到，自己所立足的历史叙述很可能不是坚硬的石头，而是一堆由片面、偏颇甚至偏见构成的沙丘。我们自以为洞悉一切，其实所知甚少。历史的许多细节，彼此之间盘根错节的关系，早已变得陌生。某些今日发生的国内或国际事件，初看起来清晰明了，我们哪里知道，背后早就有复杂的历史原因纠缠其中，远不像非此即彼如此简单。问题是，我们很可能对此无从知晓。或者，纵然有心，也无力而为了。

我常常担心，历史——无论远近，十年、二十年前的，四十、五十年前的，乃至一百年前的，会不会就这样随着时间流逝而一点点地消解？更令人担忧的是,残缺的历史叙述和单调的历史教育，使人们只能获取有限的历史知识,并在此基础上形成简单化的历史观。

写作者必须面对历史。意大利历史学家克罗齐在《历史学的理论和历史》一书中说过："其实,历史就在我们每个人身上。它的资料在我们胸中。我们的胸仅是一个熔炉。"我很欣赏这句话。一个书写历史的人,无论采取何种方式,采取何种角度,他的笔就应该是一个熔炉,史料和人物命运融化而出,凝固成历史。虽非全部,却是自己独有的一种。

在历时数年,完成"封面中国"一九二三——一九五二年历史阶段的写作之后,考虑再三,我决定提前叙述一九六五——一九七八年之间的中国,即从"文革"爆发到思想解放运动和改革开放起步。历史叙述中,"文革"无法回避,也不能回避。在此期间,美国《时代》周刊,虽无驻华记者,但关于中国的报道一直与"文革"结伴同行。

一九六五年岁末,"文革"即将拉开帷幕时,我刚过九岁,年龄未到可以直接投身其中当一名红卫兵,却可以目击和亲历。一九六五——一九七八年,一年又一年走过,小学—中学—下乡知青—参加高考进入大学……我从九岁长至二十一岁,其间的青春记忆,正与"文革"结伴同行。与以往《封面中国》的篇章有所不同,在新系列的写作中,我希望个人的亲历记忆, 或许可使叙述框架里多一些斑驳质感与鲜活气息。

十一年之后,二〇一五年秋高气爽时节,我忙于撰写"封面中国"的最后一篇《"新的长征"》。这一篇,写邓小平被美国《时代》评选为一九七八年的年度人物,后来被傅高义称作的"邓小平时代",也是在这一年拉开帷幕。文章完成,合上电脑,长长舒一口气。历时十多年的《收获》专栏写作,说结束就结束,颇有些依依不舍。

《封面中国》一共写了三卷,前两卷已先后出版,第三卷结束于一九七八年。不再续写的原因自然很多。其中一个重要原因在于,从一九七八年开始,封闭的中国已经向世界打开大门,思想解放和改革开放,使中国不再与世界隔膜。从此,中国的每一步行程,每一次的风起云涌潮起潮落,海外均有及时报道和反馈,国人很快对之知晓,这与过去的时代大为不同。这种情形下,继续写之后的"封面中国",也就显得不再那么紧要了。

十三年前,动笔写"封面中国"的那个年近半百的写作者,如今花甲已过。想一想,也是一件非常有趣、开心之事,我用一次漫长的写作，为自己留存一份难得的记忆。

我新近出版《雨滴在卡夫卡墓碑上》一书，收录多年来在世界各地文化寻访的随笔，在封面上写有这样一句话："他们成了历史，我们承负历史前行。"的确，我非史学家，历史兴趣却使我一直热衷于回望历史，在历史的寻找中感悟人生，感悟现实，从而充实今日的情感。

二〇〇七年，在《南方都市报》与《南都周刊》主办的"华语文学传媒大奖"评选中，我因"封面中国"的写作而获得"二〇〇六年散文家"的荣誉。在获奖致辞中，我提到一九八〇年最初发表的关于诗人曾卓的评论，并引用了他在二十世纪六十年代处于逆境时所创作的一首诗《悬崖边的树》。

悬崖边的树——我常常想，诗人所描写的，不也是一个写作者面对历史、书写历史时应有的姿态吗？书写历史，需要尽可能走进历史深处，追寻真实的细节；书写历史，不能赶时髦，需要客观、冷静、沉着、从容；书写历史，不能人云亦云，失去自我；书写历史，也许会孤独而寂寞，但却能在最不可能之处做自己最愿意做、也最值得做的事情。

"文章真处性情在，谈笑深时风雨来。"我同样喜欢这个对联。未来自己的写作，仍将与之同行。

我的史学研究与写作

○ 葛剑雄

虽然我从小就喜好历史，但那只是少年时代盲目好奇心的表现之一。直到一九七八年十月考取为复旦大学的研究生，三年后又留校工作，才确定了以历史地理研究为终身职业。刚读研究生时，还不知历史地理为何物，就像外界不少人以为就是历史加地理这两门学科。幸而先师季龙(谭其骧)先生抱病设帐，在华东医院大厅一角为我们五位同学讲了第一课，才明白历史地理的学科属性，与历史学、地理学的关系，不禁心中窃喜，原来歪打正着，所选专业正适合自己的需要，符合自己的兴趣，也能利用自己尽管不多却也不无价值的积累。更出乎意料的是，一年后领导明确我担任先师的助手，从此有更多的机会接受先师的耳提面命，瞻仰史学界泰斗和前辈的风采，聆听他们的教诲。

一开始我选定的研究方向是西汉人口，一九七九年写了一篇《西汉人口考》，发表于《中国史研究》，以后用作硕士学位论文。一九八三年以此为基础写成博士论文《西汉人口地理》，一九八六年由人民出版社出版。此后又承担《中国人口》项目的子课题，完成中国人口历史变迁的概述，直到完成《中国移民史》和《中国人口史》，前后花了二十多年时间。不过我最关注的还是更大的时间和空间内的发展变化，其中之一就是中国历史上的统一和分裂。幼时读《三国演义》，对"天下分久必合，合久必分"印象深刻。之后自学历史，了解了历朝历代的兴衰，似乎证实了这种分合的规律。而历史学界长期肯定的规律却是，统一是中国历史的主流，分裂是支流；统一的时间越来越长，分裂的时期越来越短；统一的范围越来越广，是大势所趋，人心所向。不过，联系到具体问题后，就发现没有那么简单。特别是在协助先师修订《中国历史地图集》时，对历史时期疆域的变迁有了更深入的了解，纠正了长期沿袭的误解。例如，以往无不将公元九六〇年北宋建立当作大分裂后重新统一的开始，而实际上，且不说北宋的统一始终没有完成，而在历史中国的范围内，辽、宋对峙，西夏、大理、吐蕃并存，如果将北宋看成统一，实际是将其他政权排除在中国之外。我将心中的困惑汇报于先师，他也颇有同感。由于我随侍先师的时间很多，有时连续几个月住在外面，主要就是修订《中国历史地图集》、整理《肇域志》、编审《历史大辞典》条目等，统一与分裂往往成为我们饭后、睡前的话题。

随着中共十一届三中全会所倡导的"解放思想，实事求是"路线的贯彻和深入，史学界的前辈和同行也开始打破以往的禁区，特别是在口头讨论中，已经相当尖锐地提出了一些令人耳目一新的观点，涉及不少敏感领域。一九八六年我在哈佛大学做访问学者期间，北京大学的田余庆教授在费正清中心做讲座，在自由讨论时，他也就统一分裂问题发表了见解，给我留下深刻的印象。一九八七年，吉林教育出版社策划一套面向大众的中国政治丛书，我决定利用这个机会，将多年来的思考从"统一分裂与中国政治"的角度写出来。到一九八八年暑假，这本小册子已经写得差不多了。八月间去东北考察，从黑龙江黑河顺黑龙江而下，我在船舱中写完了书稿的最后一段。

开学不久，学校发出通知，征集"纪念党的十一届三中全会十周年理论讨论会"论文，我将书稿的主要观点写成《统一分裂和中国历史》一文应征。我的论文入选教育部的理论讨论会,我去天津南开大学参加会议。这次会议组成评委评选出席全国理论讨论会的论文,我的论文再次被选中。历史学科评出两篇论文,另一篇是北京大学罗荣渠教授的《论多元一线》。

当年十二月,中共中央委托中宣部、中央党校、中国社会科学院召开的"纪念党的十一届三中全会召开十周年理论讨论会"在北京大兴召开。我有幸参加。这次会议的规格很高,开幕、闭幕式都在人民大会堂举行,党和国家领导人都到会。会议结束时,不仅给每篇论文的作者颁发了盖有中宣部、中央党校、中国社科院大印的奖状,还发奖金一千元,优秀论文(如罗荣渠的论文)发了两千元,在当时是前所未有的大奖。据说有的省市在会后又发了配套奖金。

一九八九年年初,上海市历史学会召开年会,会后出版论文集,我将会上的发言整理成《再论统一分裂与中国历史》一文发表,对前文做了补充。

等到那本题为《普天之下——统一分裂与中国政治》由吉林教育出版社出版,一万多册很快供不应求。还在一九八九年年初,针对当时的实际情况,我将书稿中的一节整理为《炎黄子孙不是中华民族中国人民的代名词》投给

《光明日报》,于当年八月发表。

《普天之下——统一分裂与中国政治》受到外界的高度重视。韩国某出版社全文翻译出版,日本的刊物摘译了大部分内容,美国的学者发表了意见,中国台湾版本也在不久问世。第二年,三联书店与台湾锦绣出版社有联合出版一百种"锦绣中华"丛书的计划,向我约稿。我也觉得《普天之下——统一分裂与中国政治》言犹未尽,再说因种种原因,出版社已不会重印,于是我以此书为基础,扩充为《统一与分裂——中国历史的启示》一书。书稿完成后,我曾绞尽脑汁,想找出一个满意的书名,但与《普天之下——统一分裂与中国政治》比都相形见绌,不得已,只能用了这个相当直白的名字。

一九九二年后,我有几年没有写这方面的专题论文,却就有关的事件、人物写了一些供知识界的同人阅读的文章,发表在《读书》《书屋》等刊物。这些文章的着眼点只是历史的一个片断,但基本的观点都是围绕着统一与分裂这一主题,可以说是提供了若干实例,或者是做了具体的注释。近年来因种种原因,写得少了,但只要有可能,我还是打算写下去。

一九九八年年底,当时供职于江西教育出版社的刘景琳兄约我写一篇比较全面反映我某方面学术观点的文章,字数可达三万,编辑保证不改。这吸引我写出了《分久必合,合久必分——统一分裂与中国历史余论》,发表于《学说中国》(江西教育出版社,一九九九年五月)。

三联版的《普天之下——统一分裂与中国政治》印了三次,此后未再出版。但好事或好意的人早已将此书的全文或章节放在不同的网站,我还见过全文收录这本书的盗版光盘。不过还是不时有人向我索书,其中有的读者尽管已经在网站下载了全文,却还希望有印刷出版的书本。我与三联的出版合同早已期满,而中华书局有意出版。

考虑到这是对我在这方面研究的一次小结,我将本书分为上下两编,上编汇集了从《统一分裂与中国历史》开始的几篇论文和《统一与分裂——中国历史的启示》一书的全文,下编则收录了我历年发表的相关文章。读者可以各取所需,或仅读上编,或仅读下编中的某篇文章。但必须说明,下编既不完整,也不系统,至今没有写完。但因每篇都是独立成篇的,也不妨一篇篇看。

《统一与分裂——中国历史的启示》(增订版)于二〇〇八年七月由中华书局出版。二〇一三年八月起由商务印书馆出版,至二〇一七年八月第八次重印。

写完这篇文章时,我已七十多岁了。从开始思考这个问题到现在已有三十多年,从《普天之下》发表至今也已有二十八年。其实我的很多看法,我的老师、前辈早已形成。我能够发表这些文字,并且得以延续近三十年,衣食无忧,又不受干预,既说明探索的艰辛,也是一种幸运。如有可能,我愿再继续探索下去,愿与同行和读者共勉。

我的书缘

○ 赵珩

我想，对一个人来说，除了生存需要之外，读书当是最大的生活享受。旧时，有人经常把读书做庸俗化的解释——"书中自有黄金屋，书中自有颜如玉"，大概，自从有了科举制度以来，给了中国的读书人一个平等竞争的机会，尤其是在社会底层的学子，竟把一生的物质追求寄托在读书进身上，实在是对读书的一种亵渎。

我喜爱读书，却绝对不是一个用功刻苦的人。就像陶渊明在文章中自嘲的那样——"好读书，不求甚解"。

幸运的是从小有个比较好的生活条件，书对我来说不算是奢侈的东西，或者说，从小就是在书籍中长大的。后来，读了明代宋濂幼年借书抄书求知的故事，才知道对许多人来说，读书并非是件容易的事。也许正是有这种得天独厚的环境，于是就不太懂得珍惜，这大概也就是读书不求甚解的缘故。

学龄前，我已经有不少连环画，也就是所谓的小人书，那时装了两个箱子，几乎把那时出版的古代连环画全部搜罗殆尽。不识字，于是就磨着大人给讲，照着那上面的文字读。除了找家里人之外，但凡是来了客人，也会磨着人家讲。自然，有的人是照本宣科，也有的人则是即兴发挥，那我就更觉得有意思了。当时的王府井新华书店在其南侧专门辟出一间铺面售卖连环画，那时无论是和父母还是和祖母去王府井，都一定要去那里买几本连环画，才算是不虚此行。

我最喜欢那些古代故事的连环画，例如《东周列国》《三国演义》《水浒》《杨家将》《岳飞传》等，也正是因为这些连环画，那些历史人物也就耳熟能详。可以说，我那个时代，真正起到开蒙意义的则是这些"小人书"。后来读书识字了，最早勉强读的历史故事就是林汉达编写的那套系统的历史故事集。后来在四年级时才读了《三国演义》和《水浒传》，我记得《三国演义》是四年级得肝炎在医院里读的，那些大夫护士都很奇怪我那个年纪怎么会看得下来。而在文学方面，启蒙的读物则是上海少儿编的那套《古代诗歌选》，一共四册，设计得十分精美。像傅抱石、林风眠等大家还为这本书画了插图。不久，那四本里的诗词我就可以通背了。后来又陆续读了《千家诗》和马茂元选的唐诗，胡云翼选的宋词等，这些也可以说是我在文学方面的启蒙读物。

而在外国文学方面，最初读的是《安徒生童话集》与《格林童话》。那本叶君健翻译的《安徒生童话集》我保存至今，六十多年世事沧桑，虽然封面已经斑驳，却留下了童年的记忆。

对地理的兴趣源自一盒中国分省地图的拼图，后来不过瘾，就买来中国地图和世界地图贴在墙上，我曾写过一篇《也说左图右史》的小文，说的就是我和地图的缘分。至于科普类的书，一直不能引起我的兴趣，那套《十万个为什么》始终都没有看完。

二十世纪六十年代初，我的父母搬出了那所花木扶疏的院落，去西郊机关大院宿舍居住，而我却留在了那个院子里。他们搬不走的图书大约占了二分之一，数量还是想当可观的。除了母亲那些英文书看不懂外，凡是中文的，不管看得懂或是看不懂，我都会翻来覆去地翻看。

印象最深的是家里不知从哪里弄来的一本《吴哥画册》，非常讲究的蛇皮封面，烫金精装，很厚重，里面的图片是黄色的,更有一种沧桑感,这本画册我曾翻了无数遍,但至于吴哥,我完全不知道它在哪里,但在那时候我从这本画册里已经知道了吴哥的存在。

当时的隆福寺街上还有几家旧书店,有名的修绠堂也还在,架上的线装书是按经史子集排列的,虽然我还只是个小学生,却和那里的店员很熟,店员对业务很熟,加上生意的清淡,没事时也愿意给我讲经史子集的分类知识,使我获益良多。家里的许多线装书在父母搬家时也有一部分没有搬走,尤其是那些涵芬楼版的集部的线装书,都在柜子里,我可以随便翻阅。不少父亲用不着的民国版旧书如《胡适文存》《饮冰室全集》等也可以翻着看,虽然不太懂,也能略知一点这方面的知识。

我上学的那个时代,早已没有什么旧文化和蒙学的教育,我真正认真读过并能背诵的只有《论语》和《古文观止》,这在我那个时代已经比较鲜见,却使我受益终生。也可以说,我在那时的读书是完全自由的状态,父母工作忙,并没有对我进行过有计划的系统教育,我的这些传统文化教育几乎是自我完成的。

读翻译小说是在上初中的时候,巴尔扎克、雨果、福楼拜、左拉、莫泊桑、司汤达、梅里美、乔治·桑、狄更斯、奥斯汀、乔治·艾略特、哈代、高尔斯华绥、托尔斯泰、屠格涅夫、果戈理、陀思妥耶夫斯基、冈察洛夫、马克·吐温、德莱塞、欧·亨利、杰克·伦敦、海明威等人的小说译本也几乎全部读了。除此之外，也读了不少西方文学史和艺术史之类的译著。

每逢寒暑假，我就住到西郊父母那里，父亲的书房更给了我可以自由阅读的天地，畅游在书的海洋之中。记得那时读的最多的是各种古代笔记，包括了史料笔记、社会生活笔记和读书笔记等，以那时的古籍整理标点本来说，远不能和今天相比，但是因为得天独厚的条件，我能读到的笔记已经算是很多了。而也正是在这个时候，我对笔记的体裁发生了浓厚的兴趣。

"文革"中，虽然读书成为禁区，不能读书和无书可读是普遍的现象，但是像我们这样的高中学生还是有很多特殊的渠道。在非正常状态中，许多机关和学校图书馆的藏书流向社会，尤其是在中学生之间辗转流传，那个时代在学生中流传最广的是一九六五年出版的《第三帝国兴亡》、一九五九年出版的《拿破仑传》和马基雅维利的《君主论》，以及大仲马的《基督山恩仇记》、罗曼·罗兰的《约翰·克利斯朵夫》、雷马克的《西线无战事》《凯旋门》、杰克·伦敦的《毒日头》和中国二十世纪四十年代出版的徐訏的《风萧萧》等，而我在那一时期居然还弄来整套的二十世纪二三十年代郑振铎主编的《小说月报》，几乎全部阅读了那个时代的文艺作品。这些书刊其实在二十世纪五六十年代已很难借阅和读到了。

在那一时期，虽然像黑格尔的著作也在学生中偷着流传，我也在内蒙古的大沙漠中读过一些这样的东西，但是兴趣始终不是太大。而像当时的手抄本小说《第二次握手》《少女的心》《一只绣花鞋》等更是觉得肤浅无聊，丝毫没有兴趣。从二十世纪六十年代初期到"文革"后期，所谓的黄皮书（文艺类的内部书）和灰皮书（政治类的内部书）在那个时期也不难找到，有些虽然不算是黄皮书和灰皮书，但在那时也属于"内部发行"的读物。不过，由于生性愚钝，缺乏理论和逻辑思维，我对灰皮书中像托洛茨基、布哈林等人的著作始终没有阅读的兴趣，唯独后来翻译的费正清的《美国与中国》倒是觉得颇有启发性。

黄皮书中有不少是翻译苏联的文学作品，如《日瓦戈医生》等，这些东西虽然突破了我对苏联文学的看法，但是从文学和美学角度上对我没有太大的吸引。倒是塞林格的《麦田里的守望者》给我在欧美文学的固有视觉上打开了一扇新的窗。像日本有吉佐和子的《恍惚的人》也使我对当代文学有了种新奇感。

从一九七二年的春天开始，由于在家赋闲，开始点读《汉书》，虽然《汉书》的标点本早已经完成并出版，我当时用的是竹简斋石印本标点的，为的就是锻炼阅读古文的能力。除了标点纪、传、志全文之外，如颜师古、应劭等的注文也做了标点。此外，有关汉书的著作也同时阅读，如《风俗通》《白虎通》和王先谦的《汉书补注》等。每点读一部分后，再与《汉书》标点本进行核对，找出自己的谬误。这样大约一年多时间，基本把《汉书》点读完成，获益不少。

这大抵就是我青少年时代的读书印迹。

二十世纪八十年代是中国改革开放的时期，也是人们从没有书读到图书出版走向繁荣的时代，对于出版人来说，所面临的是图书出版市场的文化焦渴现象，我也正是在一九八五年弃医从文，开始了二十余年的编辑出版工作。

在哲学和思想方面，那个时代正是思想最为活跃的时候，是青年人热衷萨特、尼采、叔本华、弗洛伊德的时期，而在文学方面，大量的二十世纪后半叶世界文学译著让人们别开生面。尤其是湘版由钟叔河主编的"走向世界丛书"影响了那时的一代人。然而，当那些装帧精美的世界文学名著再度出版时，我却再也没有当年阅读时的那种感觉了。

从事出版工作的二十几年中，真正属于自己的阅读时间并不是太多，可以阅读的空间大了，可以阅读的书多了，而阅读的时间和精力却少了。但最为欣慰的是我亲眼看到了几十年中国出版事业的繁荣与发展，或者说，从文化焦渴走向了逐渐成熟。出版物的多元化发展和读者的多元化选择，代表了一个时代的追求取向。

虽然，中国文化的原创类图书也在二十世纪九十年代中经历了资源的枯竭，彼时，一部古典诗词类的"鉴赏辞典"印行可达数十万甚至上百万册，所谓白话本的文史经典可以从《资治通鉴》做到"二十四史"，这些没有任何阅读价值的"巨著"充斥了图书市场。但与此同时，大量的资料性、史料性书籍也得以整理出版，不少前人的文稿、书札、日记、笔记得以面世，珍贵文献得以各种形式出版，一些以往清冷的学问逐渐成为"显学"，许多临界学科的出版物别开生面。这就是当时图书出版表现出的两个极端。

也正是在这一时期，由于职业的习惯，虽然工作繁忙，而目睹图书市场的繁荣，既有临渊羡鱼的钦慕，又有退而结网的冲动，无时不想编辑出版高质量、高水平的图书以飨读者。那时，读书已经超乎了求知和消遣，而更多的是和自己的编辑出版工作相联系。但是，由于自身的能力和各方面的因素，在我担任总编辑直至退休的十五年时间里，始终没能真正实现自己的愿望，留下了永久的遗憾。

正是因为工作的关系，我在这一阶段的读书逐渐转移到北京文史方面。早在"文革"前，北京古籍出版社就曾出版过十余种明清以来的北京史料，在百废待兴的二十世纪七十年代末，更是逐渐踵接其后，这些书籍为北京文史的研究提供了重要的资料，也是我了解北京史料最早接触到的读物。而我在调到出版社工作后，最先介入的则是创办《燕都》杂志的工作，这是一本以亲身闻见回忆北京历史文化的刊物，涉及文物、考古、古建、名胜、人物、逸闻掌故、工商市肆、文学艺术等多方面。因此我也就有了更多机会接触到与此有关的学人、耆旧，也阅读了大量的北京文史方面的资料，由此对北京人文和掌故学有了更多的关注。

后来，我在工作中参与了李慈铭《郇学斋日记》的整理工作，参加了周养庵《琉璃厂杂记》的标点工作，主持出版了最后一部北京旧志——《北京市志稿》。而一直萦绕在我脑子里的则是很想整理一套近人有关北京历史掌故的史料丛刊，将对北京民俗学的研究更多地引导到对北京人文学的关注上。但是这个愿望始终没得以实现。只是在原来《燕都》文章的基础上选编了三种，加上当时一些作者的旧作，编辑了"北京旧闻丛书"十七种。

四十年来，社会科学出版物内容的宽泛超出了以往的想象空间，海外各种新的学术思潮和著作能十分速捷地介绍到国内，各个领域的学术成果也能很快得以出版，每年的出书总量逐年递增。虽然我的大半生都与读书、编书、写书有关，多年来依然喜欢徜徉在书店，浏览于书房，但是近二十几年却感到读书的时间和饥渴在下降。也许是文化信息的传达介质在近十余年中的变化，那种捧着一本书在灯下阅读的快感在许多读者中逐渐淡淡地远去。

退食之年，闲来信笔，出版了几本小书，居然引来部分读者的兴趣，也是十分高兴的事。叶圣陶先生曾说过"编辑无学"（并非是指编辑没有学问，而是谓当好编辑不一定要有专门学，而是要做到知识的庞杂），我想，我正是那种"无学"的编辑，最终做不成什么高深的学问，只能写几本闲书,这对于我来说也是勉为其难了。退食之年,所幸读书更为宽泛,总有种目不暇接的感觉,可读的好书也越来越多,虽然信息的渠道多种多样,但是读纸质的图书依然有种说不出的快感,因此,我也坚信纸质的图书是不会消失的。

每月,无论是从书店拎回的书,还是通过邮寄或快递送来的,出版社或是学人、朋友馈赠的图书都会有成摞地增长,在抱怨陋室逼仄、不堪承载的同时,也会感到欣喜,总会迫不及待地拆开包装,先睹为快。

十多年来,早已换笔,平时浏览些新闻和查阅些普通材料,也会在网络上解决,但是,捧着一本纸质的书籍阅读的享受却是无可取代的。纸上的文字是有温度的,是有情感的,此时,你会忘却环境,穿越时空,会与书中的文字融合为一体。

书中没有"黄金屋",也没有"颜如玉",其实,在当今的社会,这些东西即便不读书,通过其他的渠道或可获得。但书中却有远比这些更为宝贵的东西,与书结缘,将会让你觉得生活充实,享受终生。

我的电子阅读生涯

○ 严锋

阅读的异化

一九九一年十月的一天，我用一个巨大的草绿色军用背囊把一台286电脑从南京背回了上海。那年头，上海在很多领域非常落后，我跑遍整个上海，没有一个销售人员听说过家用电脑这一说法。我的电脑配置如下：

1M内存，两个1.2M的软驱，无硬盘，黑白显示器，速度是12MHZ。

这种配置用今天的眼光来看当然是太原始了，可是在当年的复旦南区简直是件了不得的宝贝，来参观的人络绎不绝。我甚至还做了个规定：所有想上机动动手脚的人必须先去盥洗室把手洗干净。

我买电脑的主要动机，是想用电脑来搞作曲实验和写作，但是事情接下去就变得失控，严肃的动机迅速蜕变为游戏的冲动。复旦研究生宿舍史上第一台个人电脑也就成为校园普及游戏文化的先锋。今天的年轻人恐怕很难想象当年我们玩游戏时那种偷吃禁果般的快乐。但是痛苦也是巨大的。最大的痛苦是：吃了上顿没下顿，不要说没有正版，连盗版都没有。这种短缺经济又反过来极大地刺激了我对游戏的渴望。

当时，最主要的渠道是交换。为了换到自己想玩的游戏，我近的地方去过杭州，远的地方去过广州，与五花八门的人打过交道。当然更多地还是通过邮寄。有一回，我收到一个包裹，激动地打开，迫不及待塞进软驱，在 DOS 下运行主程序，出来菜单。咦，这算哪门子的游戏啊，这是……杂志！

痛苦啊，播种龙种，收获跳蚤。那就姑且看下去吧。这一看不得了，底下发生的事情只能用峰回路转来形容，我的人生轨迹也就因此而悄悄地发生改变。这个以软盘形式传播的杂志，刊名叫 *Game Bytes*，是史上第一份以电脑游戏为内容的电子杂志，内容包括游戏业内的小道消息、精彩游戏预览、评测、攻略、截图，信息丰富，文字生动，读来令人极为过瘾。界面呢，就是 DOS 时代最朴素的蓝地白字，分辨率只有 320×240，可这又有什么关系呢？*Game Bytes* 不但极大地缓解了我对游戏的渴望，而且更进一步，把我在数码时代的操作性和身体性的游戏冲动重新转化为传统的阅读行为，以一种数码的方式！

几乎在同一时间，美国鼎鼎大名的科幻作家威廉·吉布森发表了一首名为 *Agrippa* 的长诗，纪念他死去的父亲。这首诗的开头是这样的：

我迟疑地
解开
把这书绑订的丝结

一本黑色的书
AGRIPPA牌相册
可以添购额外的册页

柯达出品
黑色的纸张
犹如被时光焚黑

与 *Game Bytes* 相似的是，该诗以三英寸软盘的载体发行，当诗行卷过电脑屏幕，一个特殊的程序就设定它自行销毁，不可倒回去阅读，犹如生命之不可逆。

　　但是，有好事的电脑高手用解密的手段，把自行解体的诗行重新恢复，并公之于网络。在数码世界里，起死回生的事情，是经常发生的。

　　十多年后，亚马逊总裁贝佐斯从这个后现代的诗歌行为艺术中看到了商机，声称将推出有阅读期限的图书，过期无法阅读。

　　一九九五年，我成为上海电信的首批互联网用户之一。我用前谷歌时代最伟大的搜索引擎 Altavista 找到了 *Game Bytes* 的大本营，把它所有的过刊都下载了下来。慢慢地，我不玩游戏了，但是对游戏的热爱如故，也就是说，我从一个游戏玩家，蜕变为一个游戏杂志爱好者。这也是一种相当普遍的人类行为吧，俗称异化。

新的书香

　　那个年代，要玩游戏，对软硬件没有点知识是不行的。

慢慢地我也就被身边的人称为"电脑专家"，甚至还获得一个"复旦大学人文学院电脑中心主任"的头衔。一九九七年，杨福家校长指派我到挪威奥斯陆大学，跟随何莫邪（Chritoph Harbsmeier）教授学习信息处理技术。何先生学富五车，诙谐豪迈，是挪威皇家学院的院士、李约瑟的好友。李约瑟委托他撰写《中国科学技术史》的语言逻辑分卷，我去的时候，该卷已经完稿，何先生正为来不及校对而发愁。我也就当仁不让，承担了部分校对工作。

有一天，何先生拎了一袋软盘来到我的房间，愁眉苦脸地说，你看，我们大学花了几千块钱从中国买了一套《全唐诗》全文数据库，可是买来了根本就不能用，你能不能想想办法。我打开一看，这个数据库就是用 DOS 的 Backup 命令打包分卷备份的，用 Restore 命令就行了。何先生兴奋得像小孩子一样欢呼雀跃，从此他也不叫我名字了，直接称呼"大恩人"。这也是我第一次接触到可以全文检索的文献数据库，震撼于其功能之强大。我是一个唐诗的热爱者，我曾经在一九七八年五月一日在南通和平桥新华书店外面彻夜不眠排一个购书的长龙，第二天清晨买到的寥寥几本书中就有人文版的《唐诗选》。但是，过了二十年，面对 320×240 分辨率，黑白界面，以检索条目呈现的唐诗,我彻底倒了胃口,完全没有阅读的兴趣。同样是极为粗糙的界面,*Game Bytes* 给我带来的是阅读的狂喜,而唐诗数据库给我带来的是震惊和沮丧,为什么?

但就在同一年,回国以后,我买到一张叫作"中国古代文学宝库"的光盘,感觉又大不一样了。这张光盘包含了四大古典名著、《三言二拍》《全唐诗》。这个 Windows 下的《全唐诗》与何先生那个 DOS 下的《全唐诗》比起来,完全是鸟枪换炮,不可同日而语。"中国古代文学宝库"做得非常漂亮。不仅上升到 640×480 全彩的分辨率,而且里面的书页可以选山水画作背景,上下两端各有卷轴,文字在中间,你可以选择让文字自动地慢慢地向上卷动,仿佛一幅字画在慢慢地展开,再配上几十首美妙动人的中国古乐,那意境比市面上买到的书强多了。文字的字体、大小和间距可以根据你自己的窗口平台任意调节,如果是老花眼的人,可以把里面的字体放大到核桃那般大小。我最喜欢选用三号的行草字体,配上《春江花月夜》的音乐,看《春江花月夜》慢慢地向上升起。遇到任何一个不懂的字,用鼠标点一下,就可以看到权威的解释,听到标准的读音。你见到过这样的书吗?这已经不是书了,这是艺术。读这样的作品是一种真正的享受。你会感觉到,新的"书香"

正在产生。何必一定要死守住已经严重破坏生态、大量消耗能源、污染极其严重、又贵得太不像话的纸质书呢？

我曾经瞎想过，如果秦始皇的时候就有网络和电子书，焚书坑儒是更容易呢？还是更困难？这个问题打破了头也想不清楚。想当年儒生为逃秦火，还要把笨重的竹简藏在墙壁的夹缝里，又吃力又危险。如果是做成电子书的话可以用一张光盘来轻松搞定，可以放在自己硬盘的一个隐藏目录里，可以藏在网上的免费信箱里，还可以寄放在公共的 FTP 站点。可如果那时候大家读的都是电子书而不是竹简的话，秦始皇大可以命令他的电脑专家做一个超级病毒，让所有的电脑通通瘫痪。如果这样做还不能让中国文化断子绝孙的话，他可以干脆命令把电厂关了，让大家一了百了。

几乎在同一时间，美国 NuvoMedia 公司推出"火箭书"(Rocket Ebook)，这是世界上最早的专业电子书阅读器之一。它重零点六公斤，大小与普通平装书相仿，用户可以将在网上购买的电子书下载到电脑上，再导入"火箭书"，一共可装载约四千页的图书，售价为两百美元。NuvoMedia 于二〇〇一年被 Gemstar 公司收购，但是到了二〇〇三年，Gemstar 即宣告倒闭，中止其电子书阅读设备以及电子书内容的销售业务。失败原因:除了早期阅读器分辨率较低,阅读效果较差以外,"火箭书"只能阅读独家封闭格式,书源很少。

躺着读书

一九九九年,我在日本东京大学教书。远居异国,备感寂寥。何以解忧?对我而言,唯有秋叶原电器街,当时号称世界电器之都。收入所得,一大部分投在购买各种电子器材上面。有一回看到一只巴掌大小的卡西欧电脑,爱不释手,当场拿下。这台型号为 PV–100 的掌上电脑,以今天的标准来看指标极为低下:三寸多大的单色屏幕,120×120 的超低分辨率,1MB 内存,只能使用固化的内置程序,没有任何扩展功能。但是它有个无与伦比的优点,那就是可以装进口袋。而且在反复折腾之下,我居然发现了许多操作手册上没有标明的功能。比如说,手册上根本没有说明它可以和 PC 联机,还可以把 PC 上的文件拷贝进去,甚至可以阅读文本文件。也就是说,它可以摇身一变而成一台随身手持阅读器。

它与 *Game Bytes* 和"中国古代文学宝库"相比,有个巨大的进步，那就是可以像传统的书那样捧着读，甚至是躺着读。著名作家陈村在"榕树下"开过一个专栏，叫"躺着读书"。"捧"和"躺"，是千百年来形成的阅读的本真状态。据此类推，不能"捧"和不能"躺"的，就不是真正意义上的书。从这个角度来看许多人对坐在电脑面前阅读的反感，也就一目了然了。确实，那是腰酸背痛，头晕眼花，难以持久的。

那时候，一些早期的网上书屋已经开始出现，比较有名的如"文学城""青少年读书网""黄金书屋"等，各种免费资源令人眼花缭乱，对于远在异国，购买中文书不便的我，更有特殊的意义。当时下载阅读的一些作品，今天回想起来，印象深刻的，有黄永玉的《大胖子张老闷儿列传》，妙子的《林斗在一九七七年》，谭竹的《一生有多长》。我也记得曾经在从东京港区白金台开往文京区本乡的红线地铁上，掏出 PV-100，重温从网上下载来的王朔的《顽主》。环顾四周，日本的通勤族也大多在埋头阅读，不过他们拿的可都是再生纸的口袋书，顿时心中升起一股身怀利器、与狼共舞的豪情壮志。

多年以后，曾经和我一起坐过两年通勤地铁的这帮人终于鸟枪换炮了。他们手上开始出现索尼 PRS-500 电子书,还有……手机。手机小说在日本横空崛起,大行其道。二〇〇七年日本畅销书排行榜的前十名中,有五名是手机小说,每部销量都在四十万册以上。用他们的说法是:手机小说救活了整个日本出版业。目前最热门的《恋空》,销量已达两百万册,还将被拍成电影,国内各大出版社正在抢购这部书的版权。对此,我毫不觉得奇怪。

寻找理想的平台

用 PV-100 来看书,除了随处可看、还有可以躺着看以外,就没有任何优点了。那种粗糙丑陋,不是任何一个热爱书籍的人所能忍受的。有更好的屏幕,更精美的字体,更舒适便利的操作吗?有的。早在一九九三年,苹果公司就生产了代号为“牛顿”的随身个人电子助理。今天的PDA 上的一切功能,在“牛顿”身上一应俱全。它唯一的缺点,是太大,太贵。还有,就是问世太早。一九九八年,“牛顿”黯然退世,留下一批狂热的粉丝,拥戴至今。粉丝们热爱“牛顿”的原因之一,就是它可以成为一个相当理想的电子书阅读器。五英寸的屏幕,320×480 的分辨率,超长的待机时间(据说可以达到一个月),足以让当年的我大流口水。

　　但是"牛顿"实在是可遇不可求的神器，至今我也没有搞到一个。这时候，电子书的概念已经开始流行了。二〇〇〇年三月十四日，号称是人类历史上第一本无纸小说的《乘子弹飞行》绕过印刷厂，直接通过网络渠道发行。这是斯蒂芬·金遭遇车祸以来出版的第一部新作。该书在第一天就以付费下载的形式销出去四十万份，开创了出版史上空前的一项纪录，作者也因此狠狠地赚了一笔。

　　《乘子弹飞行》的巨大成功无疑是在已经被炒得很火的"无纸出版"这个概念上面浇了一勺热油。当然斯蒂芬·金也是一个相当特殊的例子，他的名字实在是太有号召力了。贝佐斯说，斯蒂芬·金哪怕是在香蕉皮上写书，大家也会抢着来买。

　　二〇〇二年，我在 PV-100 上写字的时候，用力过猛，液晶屏幕竟被我戳成冰裂状，迫使我升级购入一台国货精品，联想天玑 XP210。这是我第一次接触到 Windows CE 系统的掌上电脑，核心是 Intel Xsale PXA250 处理器，运行频率 400MHZ，配以 64MB RAM 以及 32MB ROM，三点六英寸 320×240 分辨率的彩色屏幕，这样的指标，就是放在今天，也是相当过得去了。XP210 全金属外壳，四角圆润,轻薄而富有质感,与全塑料的 PV-100 完全不可同日而语。我第一次把 XP210 拿在手上的时候,脑子里想到的是:我们真的崛起了。XP210 的使用也是非常便利,熟悉 Windows 的人完全不用学习,直接就能上手。它可以运行成千上万的 PPC 软件。电子书方面的软件, 就有 Halireader、Teamone Reader、Mobi Pocketbook、Isilo、掌上书院等等。我最喜欢的是一个叫 UBook 的免费阅读软件。这是唯一一个在 PPC 上能真正彻底地更换"皮肤"的程序。其他软件的所谓"换肤",只不过是更换颜色而已,而 U-Book 可以把阅读界面改造成自己喜欢的任何形状。我想,这个 UBook 的设计者,除了是个编程高手以外,真的很懂书,很爱书。我最喜欢的,是羊皮封面的"皮肤",左侧是乌木卷轴(是的,就像数码时代最早打动我的那个"中国古代文学宝库"中的那个虚拟的卷轴),暗黄的内页,可以看出纸张的纹理。暗黄的颜色对我很重要,因为在我最热爱图书的少年时代,图书是稀缺之物,当时我们最喜欢读的书,是那些被禁的、纸张暗黄的"毒草"。

XP210 还可以装上一个叫 Comicguru 的软件,用来看漫画。我曾经一口气装上六十本二十世纪六十年代上美版的《三国演义》小人书,可怜我小时候只从同学那里借到过其中的一本缺张少页、纸质暗黄的《李郭交兵》，多少无奈，多少渴望，多少梦想！从《李郭交兵》到我看到《三国演义》小人书的其他分册，这中间跨过了三十年，跨过了"文革"，跨过了模拟与数码的分界。

二〇〇三年，我带着 XP210 来到波士顿。几乎每一个周末，朋友都要驾车带我到郊外去远足。他们喜欢带上我，不仅是因为我会做一种极香、极适合野餐的卤肉，更因为我的 XP210 可以插上 CF 口的 GPS 全球卫星定位仪，在任何时候、任何地点都不怕迷路。我喜欢秋天新罕布什尔的白山，当朋友去爬山的时候，我挑一棵又大又红的枫树，坐在树下的山石上，掏出与我小时候最热爱的小人书一般大小的 XP210，打开 Comicguru，在满山的红叶中，把我小时候没有看完的《三国演义》小人书接着看下去。

渐行渐远

再往下，事情就有点失控了。我不断地升级桌上电脑、笔记本电脑、掌上电脑，而升级的时候总是会很执着地想：这个东西看电子书效果怎么样？为了字体更精细，外形更时尚，我抛弃了心爱的 XP210，购入 Palm 操作系统的 Zodiac。此机堪称电子尤物,流线型的身材,超薄的厚度,比XP210更有质感的暗黑金属外壳,屏幕也上升到真彩的320×480,阅读效果已经接近传统纸质书。但是很快地,Windows阵营又推出分辨率达到640×480的PDA,我也就在二〇〇五年的半年之内相继购入三大PDA厂商的旗舰产品:东芝E800,惠普4700,戴尔X51V。这完全是条不归路。到了二〇〇六年,我又从网上购买了二手的韩国三星NEXIO S150,一个相当另类的冷僻产品,国内少有人知,内含CDMA手机模块。我看中的是它的屏幕,竟有五英寸之大,分辨率更高达800×480,绝对是观看电子书的理想平台。

　　屏幕越来越大,分辨率越来越高,界面越来越美观……但这不是唯一的方向。近年来,手机功能越来越强大,与PDA越来越合二为一,从拍照到GPS到上网,大有包揽一切,一统天下之势。比如我手头的LG KU990,三寸屏幕,400×240的分辨率,装上Anyview 3.0读书软件,阅读效果比当年的PV-100不知要强多少倍。基本上,如果是在上班高峰的时候去挤公交车,东倒西歪,一只手吊住车顶横杆的同时,突然冒出来阅读的强烈欲望的话,救急的唯有可以单手操作的KU990。如果能够有座位,那么自然就会从另一个口袋中掏出更有感觉的戴尔X51V。到了星巴克呢,那就得有更大尺寸的牛物,比如笔记本电脑,这样与环境才显得和谐。

曾经有人预言,电脑时代是图像时代的新阶段,文字和书籍会凋零。结果呢?到了网络时代,文字铺天盖地、变本加厉地回来了。传统书籍的时代,阅读是特定空间和时间发生的行为,比如要在书房,要在图书馆,变态一点的只有在卫生间才能看得进书。到了PDA和手机时代,阅读行为变得无所不在,简直是随时随地可以进行。我相信自己一生从来没有像现在这样在读书上投入这么多的时间,但是我也从来没有像现在这样与书店和图书馆渐行渐远。

书的灵魂

但是这里面有个很大的问题。

我总的阅读时间远胜以往,但一次性阅读的时间却难以长久。我的阅读越来越变成零星的、快餐性的、速食性的行为。一个根本性的原因,在于所有这些大大小小的电脑,都是使用的液晶屏幕,尽管比更早的CRT显示器要好,但还是存在不同程度的闪烁和眩光,容易引起视疲劳,也就是所谓视屏终端综合征。那么,有没有不伤眼睛,真正为长时间阅读打造的产品呢?

有的,这就是专业的电子书阅读器。目前,最流行的手持电子书阅读器越来越多采用"电子墨水"(E Ink),这是 E Ink 公司二十世纪九十年代以来开发并日趋成熟的技术。其原理听上去实在简单,所谓"墨水"者,就是无数头发丝直径的微囊。每个微囊里有带正电荷的白色微粒和带负电荷的黑色微粒,悬浮在透明的液体中。当施以正电场的时候,白色微粒游到微囊的顶部,电子纸的表面就呈白色。同时,一个相反的电场把黑色微粒拖到微囊的底部藏起来,不让我们看见。用同样的原理,也可以让黑色微粒显示,而把白色微粒隐藏。"电子墨水"不同于一般的平板显示器,如同普通纸一样可以反射环境光,无须背光灯照亮像素,没有任何闪烁,不伤眼睛,阅读效果与真实的墨水非常相似,而且可以在不再加电的情况下保留住原先显示的图片和文字状态,极大减少能耗。

二〇〇六年,天津津科公司推出使用"电子墨水"技术的专业电子书阅读器翰林 V8,其技术指标我早已了然于胸,十分满意,极为期待。可是一看到实物图片,顿时大失所望:略显臃肿矮胖的个头,犹如老式电视机那样厚厚的边框,更糟糕的是上下左右密密麻麻排满各种各样按钮,让人望而生畏。这个外形,说得客气一点,是平庸、烦琐和小家子气,缺乏书的感觉,激不起人阅读的渴望。

我热切关注国内的专业电子书开发商已经多年,我研究过他们的几乎所有产品,我一直渴望拥有一台给人真正书的感觉的电子阅读器,可是我一直迟迟没有下手,而是固守着一堆只能称为替代品的大大小小电脑,究其原因,一是觉得技术还不成熟,再就是几乎所有的外形设计都入不了我的眼。我觉得,几乎所有的电子阅读器制作商都不知道"书"这个东西真正是什么。他们以为书就是传播信息的工具,仅此而已。大错特错!他们不明白,书与人类千百年来培养出来的关系非同小可,至少是伴侣和导师,甚至是灵魂和图腾。在一个廉价的塑料框子上嵌块劣质、伤眼的显示屏,给人带来的,只能是巨大的沮丧、挫折和厌恶感。在下班后的地铁上,也许能用邮票大的手机屏幕打发一下时间。但是在浴后、在音乐间、在躺椅上、在微风里,我们需要一些更优雅、更美好的东西。恳切希望厂商们明白,在做"书"的时候,在技术已经腾飞的时候,美学、品位和风格真的比什么都重要。

国外的厂商也好不到哪里去，比如二〇〇七年年底亚马逊爆炸性推出的 Kindle，迅速成为美国各大媒体的封面故事，被认为是跨越式的产品，亚马逊老板贝佐斯也踌躇满志，要在模拟时代最顽固的堡垒——图书领域——干一场相当于 iPod 在音乐领域那样的革命。Kindle 功能极为彪悍，使用也非常便利，其最大优势，在于依靠亚马逊雄厚的图书资源，绝不会出现其他电子书平台上缺少内容的尴尬局面。Kindle 发布时同期推出九万部图书，其中包括《纽约时报》畅销书榜中的绝大多数作品。Kindle 的另一优势，在于它采用了先进的无线技术，不需要借助互联网和 WiFi 即可保永远在线，无须电脑即可随时随地下载图书。但是，我们这些纸质书和电子书长期的死忠，一看到 Kindle 的实物照片，都忍不住哈哈大笑，既为电子书失望，又替纸质书庆幸。

贝佐斯不懂书？全世界恐怕没有人敢这么说。但是他可能太爱书，也太懂书了，又走到了另一个极端。比如说，他认为电子书要长得像传统书，所以成心让 Kindle 做出厚厚的书脊的模样，但这又完全违背了电子时代轻薄便携的美学标准。这里面有个悖论：数码时代的电子书，要让人有传统书的感觉，但是又不能照搬传统书的外形。也就是说,要神似,而不能形似。谁掌握此中的真谛,谁才能真正拥有电子书的未来。

就在对 Kindle 失望的同时,我漫长的等待终于有了回报。二〇〇七年年底,津科在连续推出外形与 V8 差不多的 V6 和 V2 之后,终于出了一个改头换面的产品——V3。屏幕还是六英寸的尺寸,800×600 的分辨率,但是边框变窄变细,按钮大大减少(与 Kindle 的发展方向完全相反),采用黑色磨砂面板,风格简约时尚。虽说功能比起前面的产品大大缩水,可真的让我眼睛发亮,二话没说,立刻上淘宝买了一台。买来的第二天,我就把 V3 拿到著名作家孙甘露那里去炫耀。甘露当然是传统图书最忠实的热爱者,他手持 V3,把玩多时,爱不释手,眼中流露出极为复杂的情感。

这将会成为一个争论的焦点:电子书是要走简约化、功能单一化的道路,还是要像 Kindle 那样,可以上网浏览博客,也可以用屏幕下面的键盘输入关键词检索,还可以在书中任意写字批注。这也涉及贝佐斯津津乐道的下一代书,也就 Book 2.0 的概念。传统的书是稳定、单一、封闭的,而 Book 2.0 则是开放和集体性的,每一本不是作为个体存在,而是相互链接,相互指涉,读者也不是被动的阅读,而是可以相互做即时的讨论,甚至可以在第一时间把意见迅速反馈给作者。再进一步,Book 2.0 不再具有稳定的物理形态,它可以像妖怪那样变来变去,作者可以随时随地改变作品的内容,这过程当中读者可以参与进来,充当某种意义上的作者! 不要说这不可能,想一想如火如荼的维基百科吧。

据说谷歌正在偷偷地把全人类所有的图书做成一个知识的终极数据库。贝佐斯也梦想把以往所有出版过的书都做成 Kindle 格式来卖钱,这样可以永无缺货之虞。人类会到最后只有一本书,它的名字叫谷歌吗? 人类最后会只有一个书店,它的名字叫亚马逊吗?

走自己的读写之路

○ 薛冰

一

在《古稀集》的序言里，我写了这样一段话："我十五岁后有十年无书可读，三十岁既未立业也未成家，四十岁还沉迷于以小说所虚构的世界，直到年届五十，决意跳出'不食人间烟火'的文学圈，转向书话写作与文化研究，算是找到了自己该走的路，然而六十岁后还曾拍案而起，为南京古城保护奔走呼吁，可见终是一介俗人。如今岁交七十，但愿可以从心所欲地读点喜欢读的书、写点喜欢写的文字，'不逾矩'啊！"

"十年无书可读"，是一个极端的说法，那十年中还是读了点书的。如一九六六年八月，我因非"红五类"出身，不得参加红卫兵大串联,借得十卷本《鲁迅全集》通读一遍。如在苏北农村插队时,抄过《宋词选》,又在前大队干部家中意外地发现了民国商务版《石头记》。那书是他土改时分得的浮财,我是二十年来的第一个读者。发给知青的学习材料中,我通读了《家庭、私有制和国家的起源》《反杜林论》。一九七六年一月,返城进厂后领到第一份月薪,在南京市新华书店上上下下转了几圈,只买到一部四卷本《马克思恩格斯选集》,这部书我算是认真读过。当时厂图书馆能出借的多是"文革"出版物,我挑来读的有《宇宙发展史概论》《牛顿自然哲学著作选》《王荆公年谱考略》《李白与杜甫》《中国古代思想史》《荀子简注》等。

十八岁到二十八岁,应该是求知欲最旺盛、学习效果也最好的年华。这种饥不择食的阅读状态,如果一定要说有好处,那就是养成了我无书不读的杂食习惯,抓到什么五花八门的书都能读得津津有味。即使是完全陌生的领域,也会努力去弄懂它。所以说到读书,除了主观上的读书欲望,客观上有书可读,也是一个必要的条件。

改革开放后,中外文化名著先后解禁,人民文学出版社的"外国文学名著丛书"、上海译文出版社的"外国文艺丛书"和"二十世纪外国文学丛书"陆续发行,在我们可谓见所未见。每有新书预告，新华书店门口都会排起长队。同时，国内的文学刊物充当了拨乱反正的号角，发表了大量反映人民真实生活与思想状态的作品，一文既出，万口哄传，发行上百万份的刊物不在少数。那几年里，阅读中外文学名著成为我业余生活的主要内容，随身总是带着本小说，几乎每个星期都会跑几趟图书馆。

如此大量地读小说，是因为我做了一个重要的人生选择。"文革"结束恢复高考，我最终放弃了参考的机会，虽然"文革"前我上的是名校，读到高中二年级，文理科成绩在班上名列前茅。据我粗浅的科学史常识，许多名家都是在三十岁以前即已取得杰出成就，甚至是一生中最重要的成就。而我此时已年届三十，也就是说，可能出成果的最佳年华已经失去了。与此同时，我看到了另一个可能的发展方向，就是小说创作。读当时的"伤痕文学"，无论情节还是思想，都让我觉得自己也能写，而且许多作者正是知青出身。这固然受到"文学热"大环境的影响，但也是出于冷静的思考。在文学创作领域中，阅历显然比年龄、学历更为重要，扬长避短，无疑是较为明智的选择。

当时的处境，也允许我做这样的选择。我被招工分配到南京钢铁厂，学徒半年，因为文字水平较高，担任了专职的车间青年干事,不用"三班倒",生活有规律。一九七七年年底又调到厂学大庆办公室,不久转入厂工会,八小时之外有充裕的读书与习作时间。大学毕业生也不一定能分配到这样的岗位。工会负责职工文化生活,厂图书馆、俱乐部归工会管,我可以随时去借书、看电影。市总工会属下的工人文化宫图书馆,我也办到了借书证,又设法办了南京图书馆的借书证。当时我还是单身,书价又便宜,每月领了工资,揣十元钱去新华书店就可以抱回一摞来。不过我最初买下的,都是读过后还想再读的书。

即使是这样的泛读,也是需要方法的。我的阅读能力,得益于金陵中学语文老师吴绪彬先生。他不像有些老师只讲生字新词、段落大意、中心思想,而是通过介绍作者生平经历,引导我们思考作者为什么要写这篇作品,又是怎样来写这篇作品的,再进一步与其他作者的同类作品进行比较。当然,说到分析作品,只读一遍是不够的,对于好小说,我至少要读三遍。第一遍看情节,人都有好奇心,急于知道人物命运、故事曲折;第二遍就不会再被作者设置的悬念带着跑,可以揣摩语言,研究描写;第三遍,在对作品充分熟悉后,分析其结构技巧、思想内涵与文化底蕴。

一九八〇年春天,南京市文联举办文学创作讲习所,聘程千帆先生为所长, 晚间授课, 不但请成名作家如萧军、公刘、陆文夫、高晓声等讲创作,还请来南京大学、南京师范大学的老教授讲文艺理论。我这个没上大学的人,也有机会亲聆名师教诲,在研读作品之外,开始读一些中外理论著作。"师傅领进门,修行在个人"。就我而言,当时最感兴趣的创作方法之类,后来都忘记了,得益的反而是以为没什么用的文化基础课。同年七月《青春》杂志发表了我的小说处女作, 八九月份江苏省作协举办第一届文学创作读书班,我又有幸参加,第一次有两个月的时间完全用于读书写作,且得与前辈作家和专家学者直接交流,眼界大为开阔。尤其是住在苏州东山雕花楼的半个月,引起我对中国传统建筑形式的浓厚兴趣, 曾画下大楼各层与园林的平面图,详细记录了建筑细部特征与室内陈设。或许由于心境的不同,看太湖风光与山民生活,也比我插队的洪泽湖畔更多诗情画意。结业回厂,我取得工会领导的支持,组织起职工文学创作组,在许多单位将业余创作视为"不务正业"之际,团结厂里的写作骨干,鼓励职工业余创作,还编印了他们的作品集。

二

　　一九八四年初,江苏省作协从省文联分出单立,组建机构,需要既有一定创作能力又有机关工作经验的年轻人, 我正好符合这个条件, 因此被调进省作协创作联络部,个人的兴趣爱好与职业工作大体统一。这是我人生道路的一个重要转折,可以说是读书改变了我的人生轨迹。

　　当然,这并不等于我已能够以作家为终身职业。开始写小说时,自以为有满肚皮的话可以言说,后来渐渐明白,我所经历的,就是当代中国人所共同经历的;我所把握的,也是同时代人所共知的。要想作品丰厚充实,首先必须让自己丰厚充实起来。创作联络部的任务是联络作家,促进创作,本身就是很好的学习机会。当时南京大学、南京师范大学多位学者担任着作协的理事, 常参加作协的会议和各种活动,我们负责接送服务,有时还陪同他们外出采风,很快就熟悉起来。虽然我因为学识浅薄,那几年没能就具体问题向他们讨教,但前辈作家和学者的言谈举止,实有着潜移默化的影响。作协还组织过丹顶鹤散文节、紫砂散文节等全国性的创作活动，常邀海内外知名作家来江苏观光交流，也为我们提供了很好的学习机会。

江苏作协领导支持、鼓励机关工作人员业余创作，联络部上午上班，下午轮流值班，以给大家更多的读书写作时间。作协主席艾煊先生十分重视作家文化素养的提高，一再强调青年作家要多读书，厚积薄发，我们上班有空闲也可以读书。作协资料室已有从文联带过来的图书两万多册，每年还有两万元专款购置新书，而且可以一次借阅多册，不限时间。

这也符合当时中国文学界的大气候。一九八〇年代中期，在"寻根文学"迅速兴起的同时，理论界也提出了"作家学者化"的口号。对我来说，"寻根文学"显然更切合心性，我写得较成功的小说，几乎都是以南京城市生活为背景。当时我小小的野心，就是写出"南京味"的小说。理所当然，南京也就成为我文学创作的"根"。

不过，由于南京方言特色不明显，要想写出"南京味"，就不能仅仅依赖语言，至于描摹风俗，甚或只是填塞几个地名，亦浮于浅表。重要的是从南京人的行为方式、性格特征，反映其深层次的文化内蕴。为此，我不得不更深入地了解南京城与南京人。一方面是行走，我几乎走遍了南京的大街小巷,寻访南京人生活的"典型环境",与五行八作各种职业的人交朋友,听他们讲述自己的人生故事。一方面通过阅读文献,探索其人其境的历史渊源、来龙去脉,以求知其然且知其所以然。

这促使我由杂食、泛读转向专题阅读。首先明确的两个专题:一是南京地方史志笔记;一是明代历史,尤其是一头一尾。明代初年建都南京,我们所能接触到的南京城,大格局即由此形成。而晚明的"秦淮八艳",是太好的小说题材,天崩地裂,忠臣义士,英雄美人,有无限的抒写空间。当时看到写"秦淮八艳"的几种小说,作者多因文化修养不够,写成了庸常的情场故事。《白门柳》差强人意,但作者对南京的了解显然不足。所以我很想来写一部,为此购读了大量文献资料。不过,待我认真读完陈寅恪先生的《柳如是别传》,便打消了这个念头,因为能说的旨趣,都已被陈先生说尽了。

这自是后话。当初连《板桥杂记》都没有新版,所以我不得不转向古旧书。这也是我开始买古旧书的原因。当然也有机缘。那些年流行办书市,每逢春秋两季的扬州书市和苏州书市,不但有新书,也有古旧书。艾煊主席只要有时间,都会带我和资料员同去,为作协资料室选书。我因此成了这两家古旧书店的熟客，每有出差机会都顺便去挑点书。江苏作协经常与各市作协联系工作，最多一年我跑过十三趟苏州。我与时在苏州作协工作的王稼句先生就这样成了好朋友，常常约在苏州古旧书店接头。当时古旧书的价格并不比新书贵多少，我在工资之外还有稿费收入，买书的钱总是有的。只是最初完全是从文献资料的角度选书，以后才逐渐有了版本意识。我家里的线装古籍，大约有三分之一是来自这两家书店，而我最初的版本学常识，也是从古旧书店学到的。由于常跑苏州和扬州，我注意到这两座城市与南京的同异，开始收集其地方文献，通过比较可以更清楚地看出南京的城市特色。此后我又将西安与北京两大古都作为比较的参照。

就是在这一阶段，我读到了几部开眼界、拓胸襟，受用半生的书。

在搜寻南京地方文献时，我读到了黄裳先生的《金陵五记》。这本书不但让我更多地了解了南京，而且提供了观察中国文化的一种新视角。于是我又读了《银鱼集》《翠墨集》《榆下说书》《珠还记幸》，越读越上瘾，陆续淘得黄裳先生的作品集数十种。读书也像滚雪球，由一本好书，注意到作者的其他作品，以至书中提到其他作者的作品。三联书店的书话丛书,《晦庵书话》《书林漫步》《一氓题跋》《书林秋草》及《猎书小记》《书边草》《书前书后》等先后进入我的收藏,兼及《江浙访书记》《访书见闻录》《藏园藏书经眼录》《书林清话》《琉璃厂小志》《藏书纪事诗》等,由此也让我喜欢上了书话这种文体。打开一本书话,就像对面坐着一位谆谆长者,将他的读书心得、学问妙谛,毫无保留地和盘托出,或就某一命题,系统研读相关书籍,谨严精湛,无异于治学门径;或兴之所至,随手采撷,杂花缤纷,也令人茅塞顿开。原来书还可以这样读,文章还可以这样写,世间事物还可以从这样的角度进行剖视。古人说"如鱼饮水,冷暖自知",读书话的快乐,常常正是如此。

这其中郑振铎先生的《西谛书话》,对我产生了两个方面的深刻影响。首先是对于传统典籍的挚爱。书于他不再是品茗把持的雅玩,也不止于研究学问的工具,而成为一种融入血肉、化入精魄的东西。再就是文化人的使命感。他一生以搜罗保护民族文献为己任,在抗战期间更置个人安危于度外,与野心勃勃的日本侵略者,与为虎作伥的汉奸文人,与唯利是图的书贾书贩巧妙周旋,阻止珍善古籍外流。让我们看到,在鲁迅的楷模之外,中国还有这样的文人,中国文化中还有这样的传统!

钟叔河先生编辑出版《走向世界丛书》,丛书各册序言结集而成的《走向世界》,则为我们打开了另外一扇窗。如果说,郑振铎、黄裳诸先生的书,更多地引导我们走向历史和传统,而钟先生的书,则教会了我们以世界眼光回观中国。

那十来年中,我发表了一百多万字的中短篇小说,出版了一部小说集、一部长篇小说。更重要的是,我的读书学习开始摆脱实用主义,不再满足于挖掘一点小说材料,激发一点创作灵感,而更注重于个人文化素养的提高,特别是精神境界的升华。知识化为学问,是一个从人有到我有的过程,而独立思考是不可或缺的催化剂。

三

一九九二年,我转岗到《雨花》杂志当编辑。编辑部同样是上午坐班,下午可以在家处理稿件,实际上也可以自己写作。当时,扬州作家高汉铭先生写了一部关于文物保护的长篇报告文学,为了充实提高,编辑部委托我陪他去天津、北京做进一步的调查研究。早在二十世纪七十年代末,我在南京堂子街淘书时,就注意到有些小古玩摊,后来正是因高先生的鼓励，培养了收藏古钱币的爱好，连带而及，对铜镜、紫砂、陶瓷、玉器、书画等，都有关注，由此结识朋友，发现故事，成为我的一种另类阅读。在天津我们考察了沈阳道，拜访了钱币学家邱思达先生。在北京我们考察了琉璃厂，访问了中国书店和荣宝斋，去了当时尚显冷清的潘家园，还正好赶上了北京首场国际艺术品拍卖会。这样的身临其境，使我从书本上读到的许多内容，都鲜活起来。

与此同时，在王稼句、徐雁二先生的诱导下，我开始尝试写书话。虽然爱读书话近十年，但并没想到自己写书话，一方面以为写小说才是作家的"正业"，一方面也因为书话写作入门似乎不难，写好实在不易。好的书话就像冰山一样，没有海平面下的八分之七，就不可能托起海平面上的八分之一。当时书话作者尚少，且多将唐弢先生的"五个一点"奉为正宗。或许因为自己写过小说，知其奥妙所在，我对新文学旧平装的兴趣不大，更重视非虚构的文史笔记。初涉此道，颇得好评，遂一发不可收拾。因此又得以结识国内书话界的良师益友，常常收到他们赐赠的新著，且不时相聚，倾情愫，通有无，增学识，更是前所未有的人生乐事。这最终导致我淡出小说创作，将主要精力转向书话写作和文化研究。

当然也有客观的机缘。一九九六年八月，江苏省委宣传部调我参加筹办《东方文化周刊》，促成了我从文学界转向文化界，走进更为广阔的天地。《东方文化周刊》聘请钟敬文、施蛰存、柯灵、萧乾、季羡林、冯亦代、王世襄、冯其庸、吴作人、刘梦溪等先生为顾问，又联系姜德明、钟叔河、吴小如、华君武、丁聪、陈四益、程千帆、卞孝萱、赵瑞蕻、田涛、周晶、陈子善、周振鹤、王稼句、徐雁、龚明德、彭震尧、姚白岳、郑伟章、周实、吴亮、陆中秋、陈星诸师友，我与他们书信交流，时相往还，所受教益，远不止于办刊事务，亦不限于办刊时期。

《东方文化周刊》定位为大文化刊物，固然也发表少量文学作品，但广涉社会、经济、哲学、历史、军事、体育、艺术、新闻出版等各文化领域，组稿编稿审稿，就不能不具有广阔的文化视野。从试刊开始，该刊即设置了"东方文曲星"专栏，每期都在彩印封面上登载一位二十世纪著名文化人的照片，内页以一个整版做人物介绍。从钱钟书、巴金开始，前后介绍过一百余位大师。这是一份四开本的杂志，封面的冲击力很强，对于展示文化名人形象，宣传他们的成就与精神，发挥了积极的作用。而这一专栏人物的选择与联络,介绍稿件的组织与编发,都必须对二十世纪文化史有基本了解,对大师们的主要贡献有一定认识,才能够把握得恰如其分。我的阅读范围也因之而大大拓宽。

因为是每周出刊,编务十分繁重,很难再有大把的时间让我写小说。一九九七年出版的两部长篇小说,都是此前脱稿的。

我的第一部书话集《旧书笔谭》,也是一九九七年九月出版的。头一年秋天,浙江摄影出版社编辑王文元女士来南京组稿,想做一套随笔丛书,就是后来的"锦瑟文丛"。我对约稿一向不善拒绝,便答应她写一本书话集。其时书话远不像如今这样声势浩大,王女士心中不无忐忑,想象不出那会是一本什么样的书。当然这话她没有说出口,如果说了,我可能也就不会写了。直到看过我交出的书稿,她给我打电话大加赞赏,才说起初时的犹豫。对于王女士的这一份担当,我至今心怀感激。

说实话,当初我自己也不清楚这本书会写成什么样,因为我发表的书话不过寥寥数篇。读书与写书话是两码事,为写书话而读书,其结果必然是书话写不好,书也读不好。幸而我挑选来写书话的几十本书,都是曾经读过,且感到有话可说的,此时不过将感触写成文字。待集成十余万字,就交了稿,现在都说不出是按什么顺序编目的。

在《旧书笔谭》的代序《旧书与新书》中,我试图对旧书做一个定义:"苛刻地说,一本书,如果已经到了韶华退尽、蓬头蓬脑,甚至创伤累累、肢残体缺的程度,还能引起人们强烈的阅读兴趣,它才可以被称为旧书。""古旧书,该是经受住了历史与时间检验的书。"从这一本书中,可以看出我读书的兴趣所在,此后成为研读方向的几个专题,由此皆已现端倪。在后记中,我写到了苏州古旧书店的臧炳耀先生和江澄波先生,扬州古旧书店的蒋素华先生,正是在他们的引导下,我对古籍版本目录有了最初的认识,所以我称他们为"书海慈航"。

我与徐雁、蔡玉洗等先生一起筹划的"华夏书香丛书",计划中原有我的一本《止水轩书影》。这套书将由陕西师范大学出版社于一九九八年推出,可我实在来不及完成书稿。最后只得依徐雁先生的建议,将《旧书笔谭》中的十余篇文章稍加调整再次编入。虽然这样编书的情况并不少见,但始终令我心怀不安,自觉对不住花钱买书的读者。从那以后,我每次新编书话集,都坚持一个原则,就是不收已结集的旧文,除非有重大修改增补。《止水轩书影》在编例上稍有进步,学会了按文章类别分为三个栏目。这两本书话集的出版,使我对书话写作有了初步的自信。

一九九九年底,因《东方文化周刊》转由江苏有线电视台主办,我得以脱离繁重的办刊事务,重回江苏作协。就在交接之际的三四个月中,我应上海古籍出版社"古城文化随笔"丛书之约,写了《家住六朝烟水间》,十七万字,几乎是一气呵成。这是我第一次以随笔的形式抒写这座城市,固然是十几年来走读南京的一种小结,也可以说是一曲挽歌。我在序言中说:"这样的文章,不但要动用自己的长期积累,而且最好是在一个较长的时间里慢慢酝酿,慢慢写出,慢慢磨改,到得'火气'尽退,则会更有韵味,也更耐咀嚼。"然而,这本书值得珍惜之处,恰恰是不同于那种隔岸观火式的怀旧之作。所以后来重版多次,我也只校改了明显的错字,始终不曾做大的修改,不愿损失那种气场。尽管也发现了一些"疏漏或讹误",表述不准确不全面的地方,但那就是我当时的认知水平。至于此后的研究成果,我完全可以写在新书里。

四

二〇〇〇年三月我回江苏作协上班,首先参与了《江

091

苏省志·文学志》的增删定稿工作。这是有史以来第一次编修江苏文学志，需要梳理两千余年间的江苏文学活动与作家作品。前后两年间，我不得不阅读大量文学史资料和古今作品，成为一种难得的系统学习机会，而这也成为我的一种学问根基。与此同时，因蔡玉洗先生出任凤凰出版集团凤凰台饭店总经理，提出打造"文化凤凰台"的创意，我与徐雁、徐雁平、董宁文等人参与策划，筹备创办了《开卷》杂志，筹划举办了首届全国民间读书报刊年会。《江苏省志·文学志》定稿后我转入作协创作室，从事专业创作，时间完全可以由自己支配，到二〇一三年十月退休，退休前后的生活状态几乎没有什么变化。

因为连年买书，原先的住房实在容纳不下，我下决心贷款买了一套一百三十五平方米的新居。这让我有了十四平方米的书房，又在客厅里打了五排顶天立地的双面书架。二〇〇一年春节搬入新居，每天得空就整理图书。清理下来，一万多册书中，中外文学书籍尚有两千余册，南京地方文献四千余册，明清史料三千余册。书话、淘书录及书目、版本研究之类"读书之书"，也有千余种。此外还有几个小专题，如爱屋及乌，有意识地搜求前辈文人流散出来的签名本，号为"旧家燕子"；因读《挂枝儿》《吴歌甲集》而迷上民歌,留心收集古今民歌资料;受"读万卷书,行万里路"古训影响,收罗古今旅行图书以作"卧游";从关注中国古籍版画插图,延伸到外文原版书籍的插图本;再就是因收藏、鉴赏中国古代钱币,钱币学重要著作大体齐备,兼及金石学、货币史、金融史;凡此种种,各有数百册。若以版本时代区分,其中有线装古籍两千余册,民国旧版书两千余册。

通过这次全面整理,一方面,我清楚地意识到,自己只是个读书人,算不得藏书家。我的书都是为阅读而买的。只因为在人生的不同阶段,阅读兴趣会发生变化,而我又好奇心重,买下了不少常被人视为无用的书,最终形成这样的藏书格局和规模。另一方面,在写作书话之外,现有藏书的每个专题,都可以形成一个切入点,让我可以对中国传统文化,做一回见微知著的探索。

书话写作已是得心应手。二〇〇一年江苏教育出版社出版了《淘书随录》,次年东南大学出版社出版了《金陵书话》。我对书话的认识也逐渐明晰,曾在《淘书随录》的序言里写道:"书话是书与我的一种恰到好处的精神碰撞激发出的思想火花,很有点'只可意会,不可言传'的味道。如果一定要解释,那或许就是——书有足够的分量打动我，我有足够的力量驾驭书。""书话不但是书的镜子，也该是书话作者的镜子。作者被什么样的书所打动，被书中的哪一种成分所打动，他驾驭书的功力是深厚抑或浅薄，他审美的境界是崇高抑或鄙陋，在书话中都将无以遮饰。"写好书话，在文化素养之外，尚需要有相当的精神修为。

同是在二〇〇一年，我与徐雁先生为江苏古籍出版社策划了"中国版本文化丛书"的选题，全套十四种，既有按时代分册的《宋本》《元本》《明本》《清刻本》，也有按专题分册的《稿本》《家刻本》《坊刻本》《活字本》《批校本》等。这是第一套系统介绍中国版本文化的丛书，其中《新文学版本》《少数民族古籍版本》《佛经版本》《插图本》等都是首次有专著进行论述。丛书请任继愈先生担任主编，并邀请各相关研究领域卓有成就的专家撰稿。我则撰写了其中的《插图本》。

这一过程深化了我对版本学的认识，注意到传统版本学都是从图书的"人之初"说起，重点在宋、元，延及明、清，对清代道光以降的图书版本状况，往往以"衰退"二字一笔带过；对近现代图书版本，即偶有涉及，也语焉不详。然而，今天的读者与藏书者有可能接触到的古旧书，基本上是近现代出版物；就是在拍卖场上，近现代出版物所占的比重也与日俱增。当代的民间藏书活动，最迫切需要的就是在近现代图书版本上的指导，而令人遗憾的是，正统版本学在这方面几乎是空白。

这种理论与实践的错位，固然有理论必然后于实践的因素，但对于近现代图书版本的重要性认识不足，可能是更深层的因素。有的人误以为版本学就是以雕版刷印古籍为研究对象的，而所谓中国图书版本在近现代的"衰退"，正是一个基于雕版印刷技术的简单判断。但这并不符合出版史的实际。恰恰相反，自十九世纪后半叶西方印刷技术进入中国，此后一百余年间，是中国图书出版品种最为丰富、数量空前增加的时期，也是版本形态变化最为繁复、发展最为迅速的时期，理应进行宏观、系统、全面、规范的研究才对。因而我不揣浅陋，以实证的方式，写成《版本杂谈》一书，第一次对近现代图书版本形态做了系统阐述，二〇〇九年由山东画报出版社出版，可以说给传统版本学续了一个尾巴。

弘扬中华民族传统文化，不能只是一个空泛的口号。我们这一代人，虽因十年浩劫丧失了最好的求学年华，注定已难登学术堂奥，但是做一些拾遗补阙的工作，尚属力所能及。所以我设想，选择若干个小题目，力求做透彻探讨,至少也要达到承前启后的水准。就像打井一样,只要挖掘够深,总可以渗出点水来,或可供人解一时之渴。倘若打开的井眼够多,以至于串联成线,星罗成局,也未可知。除了前述的版本学,我在二〇〇四年出版了深入品评中国古代钱币文化的《钱神意蕴》,二〇〇六年出版了借民国年间旅行图书为时空隧道的《纸上的行旅》和择要介绍中华体育文化的《华夏射御录》。二〇〇九年出版的《风从民间来》,上承二十世纪初北京大学前辈们开拓的事业,第一次对中国民歌史做了完整的梳理工作。二〇一〇年出版《片纸闲墨》,利用多年搜集的花笺与书信资料,简述了笺纸、尺牍与封缄的前世今生,上溯渊源,下究变异。二〇一二年出版的《拈花》,借插花为媒介,对中国传统士人文化进行反思。二〇一五年出版的《饥不择食》,是一本与吃饭有关而与美食无关的书,以我的亲身经历,剖析深受吃饭问题影响的社会心理。最近出版的《古稀集》,以近现代不同文体、不同风格、不同领域、不同形式的出版物,从多个侧面呈现世相风情,以期有助于读者在品书的同时,从较为开阔的视角观察那个时代。

书到用时方恨少。每一次的专题写作,都会让我感到原有藏书的不足。不能全面掌握材料,就谈不上客观、严谨地进行研究，所以不得不千方百计补充新书，结果是家中再一次书满为患。当然，这种专题写作的难处，更在于对资料的分析和思辨，追索各种现象背后，致其发生与变化的原因，知其然且知其所以然。这期间时时会面对的，是因袭旧说的诱惑；时时须克服的，是提出新见的艰难。因袭旧说自然省事，可旧说不免被新的材料所打破，亦不免被新的社会意识所激扬，除非你有意对新材料新思维视而不见。而每一个看似简单的新见解、新观点，都须有翔实的材料为依据，都不得不重新审视前人的论述，从文字到图画到所有相关的实物，都须细加斟酌。我常开玩笑说，这种事情，有学问的人不屑于做，没有学问的人又做不来。这要比写那种"捡到篮里都是菜"的书话费力得多，然而，也唯有历艰涉险，才会获得更多写作的动力和快乐。

文化探索之外，这十几年间，我投入时间精力更多的，实是对于南京历史文化的研究与宣传。迄今为止，我为南京而写的书已有十七本，占到全部著作的三分之一。

在《家住六朝烟水间》之后，二〇〇一年，我应百花文艺出版社之约，选编近现代名家散文结集，名《金陵旧事》，又随王稼句先生为该社策划了"江南风月"随笔丛书，二〇〇三年推出，其中有我的一本《金陵女儿》，以历史文献中真真假假的女性命运为切入点，勾画出一种别样的社会生活图卷。二〇〇四年王稼句先生为古吴轩出版社策划"晚清社会新闻图录"丛书，取《点石斋画报》为素材，我点校、评说的是《南京旧闻》。二〇〇五年，南京师范大学出版社有意再版《家住六朝烟水间》，朱赢椿先生做了精雅的装帧设计，我遂邀陈子善、王稼句、韦明铧三位加盟，形成一套"城市文化随笔丛书"。二〇〇六年，我支持南京出版社出版"南京稀见历史文献丛书"，因之点校了《板桥杂记·续板桥杂记·板桥杂记补》，同年在王稼句先生为福建美术出版社策划的"消逝的风景"丛书中，我写了《消逝的南京风景》。

然而，现实中的南京，与历史回望中的南京，反差越来越大。在社会各界的批评意见中，一致认为城市规划不仅需要先进的科技手段，也需要文化的支撑。从二〇〇二年起，我有机会参与关涉历史文化的规划项目评审工作，也得以了解城市规划工作的复杂进程与困难。二〇〇五年，规划局领导提出，希望我能帮他们梳理南京城市发展史，让专家们清楚城市成长进程中，哪些区域具有重要意义，地面地下可能遗留着什么样的历史文化遗产。我当时是很有些犹豫的。因为写散文随笔，看似无所不知，其实是回避了自己不了解的东西，而要完成这样一种严谨的史著，就不能有随意性，必得把两千五百年间每一个重要环节都弄清楚。即使有足够的历史文献可做参考，也需要耗费大量的时间精力。但是考虑十来天后，我接受了，因为这个工作应该有人来做。无论城市建设的现实，还是历史文化的研究，都需要这样的一本书。而我们这一代人，可以说是见过南京古城风貌的最后一代人，许多历史地名在我们这里还有可能弄清，许多历史碎片在我们这里还有可能拼合。而我既阅读过大量历史文献，也曾有意识地寻访全城的老街古巷，又具有写作能力，理当承担这一历史使命。

经过约两年的努力，在规划、文物、方志等各方面朋友的帮助下，我终于完成了这部书稿。二〇〇八年由南京出版社出版的《南京城市史》，是第一部全面、系统阐述南京城市发展历程的专著，也是中国第一部为单个城市撰写的通史。全书从解读文献和实地踏勘入手，在广阔的时空范畴中，探寻失落的环节，拼合碎裂的画面，疏理旧识，补充记忆，辨疑解难，阐明新见，提供了一轴较为完整、清晰的南京城市成长史图卷。同时由对史实的探寻，升华到对史识的提炼，梳理出南京城市生长的脉络和城市建设的若干重要经验,如跨江发展、面向大海的传统,功能分区明确的特色,尊重原住民权益的原则,保老城建新城、跨越式发展的优势等,尤其是通过反思近百年间历次现代城市规划实践的得失,探索历史文化名城如何进行再度建设的问题,对于现当代南京的城市建设,做了宏观层面上的评判,也为城市未来科学、健康地发展,提供了一个参照系。

在这过程中,我对南京城市文化的认识也有所提升。长期以来,专家学者们对南京文化的特色各执一词,难有定论。我在《家住六朝烟水间》中也说道,"南京文化的最大特点,或许就在于没有可以简单概括的特点"。这当然是玩笑话。但是南京城市功能分区明确且始终稳定的事实,给了我启示,物质决定意识,不同功能区决定了区域特色文化的形成,而文化的积淀又影响到不同功能区的城市风貌,两者的依存关系十分明显。正是因为不同文化层面的存在,使得南京文化难以概括。二〇〇七年六月,我为《金陵瞭望》写"清凉漫弹"专栏,开篇就提出:"在近半个世纪以来被过分强调的'秦淮文化'之外,至少还有着不同层面的'清凉山文化'。'秦淮文化'与'清凉山文化'之外,能不能再梳理出其他的文化层面?夫子庙与清凉山之外,会不会还有另一种文化中心?这些都还有待进一步的研究。比如说，六朝、南唐、明朝、太平天国的宫城区和中华民国总统府，几乎都在今天以总统府为中心的不大片区之内，能不能将这一带算作南京'宫廷文化'的中心？"次年春中山陵园管理局倡议举办"钟山文化高层论坛"，提出钟山文化的概念，较好地涵括了南京政治文化或者说都城文化的层面。在二〇〇九年出版的《清凉山史话》中，我全面阐述了清凉山文化的外延内涵，并将南京文化特色归纳为多层面、多中心的多元文化，逐渐为学界所认同。秦淮文化、清凉山文化、钟山文化三个层面，以及与之相对应的三个中心区域，不相覆盖，也无从替代，可贵的是，这种多层面、多中心，并没有造成城市的文化裂痕，而是在长期的多元并存、和谐共生中，相互交融，相互促进，最终形成了南京宽容包容的文化环境和别具一格的市民精神。

二〇一四年，我又应东南大学出版社之约，用大半年时间对《南京城市史》做了修订，一方面是新的考古发现使一些历史疑点有了明确的答案；一方面是继续阅读历史文献让我有了新的见解，同时在文字表述上尽量散文化，以适应非专业读者的需要。修订版《南京城市史》在二〇一五年面世后，引起强烈反响，二〇一八年又经市民投票和专家评选，被南京市全民阅读办列入"共读南京"书目。在写《南京城市史》时，有一些历来争议较大的话题，不便在书中展开，我遂将其中的城市水系和街巷变化等问题，另写成《格致南京》一书，编入东南大学出版社二〇一七年推出的"城市乡愁"丛书。

在写作学术专著的间隙，写一点虚构作品，有利于活跃思维。就像不时重读金庸的武侠小说一样，我也始终没有放弃对"南京味"小说的尝试，即使不成功，至少也可以为南京多留下一点文化记忆吧。二〇一七年海豚出版社出版的《饮水园》，是比较满意的一部小说，书中不仅重现了二十世纪初的南京风貌，而且较好地描摹了旧时南京人的"六朝烟水气"。

回顾既往四十年，读书与写作无疑是我生活中最为重要的内容。阅读与思考是写作的基础，写作又引领着阅读、淬砺着思想。一个自学者，如果满足于泛读杂食，当然也能增长知识，但若不能有意识地建立自己的学问根基，便谈不上由此生发，融会贯通，在写作的道路上，也就很难说能走多远。

读书 = 做人

○ 楼宇烈

"读书与做人"这个题目中有两个词,一个是读书,一个是做人,中间加了一个"与"字。我想,最好把这个"与"字改成一个等号,即:读书=做人,做人=读书。

清初学者陆陇其说过,读书做人不是两件事。将所读之书,句句落实到自己身上,便是做人之法,如此方叫得能读书。如果不落实到自己身上去领会书中的道理,则读书自读书,做人自做人,只算作不能读书的人。我认为,一定要让读书与做人变成一回事,不要把它看作两件事。

清代学者朱用纯在《劝言》中也曾说过:

> 读书须先论其人,次论其法。所谓法者,不但记其章句,而当求其义理。所谓人者,不但中举人进士要读书,做好人尤要读书。中举人进士之读书,未尝

不求义理，而其重究竟只在章句。做好人之读书，未尝不解章句，而其重究竟只在义理。……先儒谓今人不会读书，如读《论语》，未读时是此等人，读了后只是此等人，便是不曾读。此教人读书识义理之道也。要知圣贤之书，不是为后世中举人进士而设，是教千万世做好人，直至于大圣大贤。所以读一句书，便要反之于身，我能如是否。做一件事，便要合之于书，古人是如何，此才是读书。若只浮浮泛泛，胸中记得几句古书，出口说得几句雅话，未足为佳也。(《训俗遗规·劝言》)

这段话的大意是讲，读书时先要讲这个人，而不是先讲读书的方法，读书也不仅仅是读它的章句。不但求取功名需要读书，做一个好人也需要读书。为求取功名而读书，不见得不去探索文章内在的思想，但是它的重心也只是停留在文章的章句上。为了提高自身修养而读书的人，不见得不重视文章的章句，只是更看重文章内在的思想。联系到现实生活，很多人能把《三字经》《弟子规》等经典记得滚瓜烂熟，甚至可以倒背如流，但这却不是读书的方法。很多人从小学开始就背标准答案。这样的读书方式与古代为中举人进士而读书无异，其重心只不过停留在章句上。

读书的第一个目的是通晓人道，明白事理。通晓人道，即要懂得怎样做人。《淮南子》一书中有这样一段话："遍知万物而不知人道，不可谓智；遍爱群生而不爱人类，不可谓仁。"当今社会的状况跟古代相似，很多人知识很丰富，知晓群生万物的道理，就是不懂得怎样做人，我们不能说这样的人有智慧；很多人爱万物群生，却唯独不爱惜人类自己，那么就不能说这样的人具有仁这种德行。

在中国传统文化中，观察、思考问题都是从人入手的。以人为本的人文精神的根本特点就是看一切问题都和人联系在一起，都要思考它对人有何教益。

读书的第二个目的是变化气质，完善人格。我们不是只懂得道理就可以了，就像陆陇其所说的，要学一句就对照一下自己，并督促自己按照正确方法去做。在没学习之前，我们不明白事理，不通晓人道，这没有关系。在学习之后，我们就要根据所明白的事理，所通晓的人道去改变自己。学和行、知和行一定要结合起来，只学而不行是毫无意义的。

让孩子学习《弟子规》是一个很好的现象，《弟子规》中讲的都是我们日常生活中应该遵循的言行举止规范。《弟子规》不仅是对弟子讲的，每个人也都要按照书中所讲的道理去做，之所以叫作"弟子规"，是因为我们要从少年儿童时期开始就养成好习惯。我们学习《弟子规》，同样也要身体力行，日积月累，人的气质会发生变化，人格会不断地完善。

中国传统文化重视"为己之学"。在《论语》一书中，孔子说："古之学者为己，今之学者为人。"从字面意义上来看，今人似乎要比古人好，古人学习是在为自己打算，今人学习是在为别人打算。其实，不断地完善自己，提升自己的学问才是为己之学，它不是为了炫耀给别人看。对孔子的话，荀子有一个发挥："君子之学也，入乎耳，著乎心，布乎四体，形乎动静，端而言，蠕而动，一可以为法则。小人之学也，入乎耳，出乎口。口耳之间，则四寸耳，曷足以美七尺之躯哉！"（《荀子·劝学》）君子之学从耳朵里听进去，要把它留在心里，然后还要把它体现到行动中去，他的一言一行，都可以成为人们的榜样。反过来，小人之学，是入乎耳，出乎口，只在口耳之间……这样的学问怎么能够使七尺之躯完美呢？因此，荀子接着讲，"古之学者为己，今之学者为人。君子之学也，以美其身；小人之学也，以为禽犊"。这也就是说君子之学是为了完善自己，提升自己的学问；而小人之学是将学问当作礼物来取悦别人的，从耳朵里听进去，嘴里就说出来了，只不过丝毫没有提升自己。

　　荀子曾经说过，尧舜、桀纣生来是没有什么差别的，为什么尧舜会变成圣人，而桀纣会变成恶人呢？这主要是受后天的教育和周围环境的影响。我们先不讨论人性是孟子主张的"性善论"，还是像荀子说的"人之初，性本恶"。从另一个角度来讲，他们都承认人是可以改变的，变好的成为圣贤，变坏的成为恶人。《论语》中说："性相近也，习相远也。"意思是人们先天的性格是相似的，只是由于后天的成长、学习环境不一样，性情才有了很大的差别。当然，这也是相对而言的，不见得不读书的人就不会成为好人，也不见得满腹经纶的人不能成为坏人。

　　读书还有第三个目的：拓展知识，学习技能。这三个目的是有先后顺序的。通晓人道、明白事理是第一位的，然后再去改变气质、完善人格，最后通过实践去拓展我们的知识和技能。就像孔子讲的："弟子入则孝，出则悌，谨而信，泛爱众，而亲仁。行有余力，则以学文。"（《论语·学而》）我们首先要"志于道"，学习做人的道理，连人都做不好，事情怎么能做好呢？其实，一个人不管做什么事，都要看他(她)有没有胸怀、志向。我们做任何事绝不能仅仅为了个人享乐。反之，我们要胸怀大志，为国为民，志存高远，行在脚下。我们也不能只有高远的志向，夸夸其谈，而不去行动。

我们应该读什么样的书呢？中国有句老话，叫作"开卷有益"，意思是读什么书都是可以的。但是，我们最好还是要有所选择，因为我们会被书中负面的内容所干扰。书籍是五花八门、琳琅满目的，可读之书非常多，中国传统文化典籍可分为甲、乙、丙、丁四类，或者叫经、史、子、集四类。

经书可以说是具有长久生命力的经典。所谓"经者，常也"，它是讲贯穿古今、万物，认识天道、地道、人道最根本的道理，这就是经。

先秦时就提出了"六经"的概念，即《诗》《书》《礼》《易》《乐》《春秋》。经书后来又有所扩展，增加了《论语》《孟子》《孝经》《尔雅》。除了《仪礼》这部经典之外，又添加了解释礼的书《礼记》。《春秋》的记事过于简略，后来出现了解释《春秋》的《左传》《穀梁传》《公羊传》。

通过读经书，我们就可以明天理，晓人道，知道应该怎样做人、做事,我们的言行举止应该遵守什么样的规矩。

许多人不愿意听"规矩"这个词,觉得规矩就是要把自己束缚起来。但是,"没有规矩不成方圆",人的行为也是如此。大家也许都很喜欢孔子的话:"七十而从心所欲"。但是,我们不要忘了后面还有三个字:"不逾矩"。孔子讲的是在规矩之内的随心所欲,一旦超出了规矩的范围,就要受到制裁了。

礼教告诉人们应该遵守的言行举止方面的规矩,其根本目的就是让我们认识到自己是个什么身份的人,这样身份的人应该遵守什么样的规矩。很多人可能一听到这些就会头疼,觉得它是封建礼教的腐朽思想。我常讲,人如果想活得自由就必须要遵守规矩,如果所做的事情不符合身份,那就会四面碰壁。

通过深入的思考,就会发现我们对很多问题有偏见。一提到礼教,就会认为礼教是吃人的。"礼"的本义是什么?从某种意义上来讲,礼是一种自然法、习惯法,而不是人为的强制法,自然法是我们在生活中养成的习惯,是自觉自愿去做的。如果每个社会成员都能够尽伦尽职,这个社会一定是和谐的。尽伦尽职就是要求:在什么位置上,就应该尽这个位置上的职。可是在现实中,我们往往不能够这样去做。许多人认为,这样做是一种束缚,让自己的个性得不到发挥。

现在之所以会出现诸如"子女是否应该常回家看望父母"等一系列话题,是因为子女不关心父母。我非常赞同子女应该常回家看望父母。有些人提出:"是否需要把这一条也列入法律条文中?"我认为,这样做未免太丢中国人的脸了。中国是一个礼仪之邦,人与人之间自然存在着敬和爱,父母爱子女,子女敬父母,这是一种自然而然的习惯,不需要用法律来强制。如果连自然法都不去遵守,我们还能称得上是中国人吗?

史,即历史,是明古今之变的。司马迁讲天下的学问无非两大类,"究天人之际,通古今之变"。"究天人之际",是探究人跟天地万物之间的关系;"通古今之变",就是来了解人类社会的人事变动、朝代更替的经验教训。史学具有非常重要的作用,中国文化中有两个重要的传统:一个是"以史为鉴",另一个是"以天为则"。唐太宗讲:"以铜为鉴,可正衣冠;以古为鉴,可知兴替。"古人强调"观今宜鉴古",要看出今天的问题,要拿历史当一面镜子照一下。

历史承载着文化,不知道自己国家的历史,也就不懂得自己的文化。一个不懂得自己国家民族文化的人,让他

(她)来热爱自己的国家,对本国的传统文化有信心,这怎么可能呢? 因此,清代学者龚自珍就讲了一句非常深刻的话:"欲知大道,必先为史。灭人之国,必先去其史。"

很多人不尊重我们的祖先,不了解中华的传统文化。他们认为,社会是不断进化的,现代人进化得一定比祖先强大,这是一种直线性的进化论。历史不是直线进步的,是有进也有退。近代思想家章太炎提出"俱分进化论"理论,他认为,进化不是单向的,人们的道德观念是善恶同时发展的。古人也早就说过,"道高一尺,魔高一丈",有时恶比善进化得还快。一定要记住,无古不成今。没有古哪来今呢?

如果有无古不成今、观今宜鉴古的理念,就不至于把传统文化彻底地抛掉。今天的很多问题,究其原因都在于历史的断裂。很多人不知道中国传统文化中哪些是需要改造的,哪些是需要坚持的。我认为,只有坚持中国文化的人文特质,才能够让我们的文化成为世界性的文化。如果放弃了我们文化的这种特质,去跟着其他国家的科学特质走,中华文化的优势永远无法形成。

子书就是各种不同的学派对天道、地道、人道的认识。我们的世界本来就是丰富多彩的,人们会从不同的角度去观察、思考，也会有不同的解释，这就是我们常常讲的文化的多样性、多元性。《孟子》里有一句话："物之不齐，物之情也。"通过学习诸子百家对事物的不同看法，可以增长我们的智慧。

集部就更复杂多样了。集部里又分总集、别集、专集。读集部的书，可以长见识、养情性。文学、艺术作品等都归在集部中。集部的书，让我们从各个方面去体悟人生，可以让我们成为一个有艺术生活的人。我希望每个人多一点业余爱好，在艺术的人生里去发掘、学习人生的艺术。干巴巴的人生是总结不出人生的艺术的。

中国的传统文化中整体性的道理"古今一也，万物一也"，似乎没有太大变化，其实它充满了变化。我们要用智慧把这个"一也"打破，把它运用到万事万物中，这才是真正的创造。很多事情不能照搬，只能借鉴，推广典型，所谓的标准化，都是不可取的。典型永远都会有局限性，不一定适用于其他地方，而标准化其实泯灭了人的个性，因为教育不只是背标准答案。我们要培养学生的个性，让学生在懂得做人做事的道理的同时，知晓天道人道变化的根本规律。读书要读出智慧来，不要读成知识的奴隶。

怎样读书呢？从根本上讲，读书就是要"得其意"，能够举一反三。《增广贤文》中有一句话"好书不厌百回读"。好的书我们读一百遍都不会厌倦。我在"好书不厌百回读"后面接了一句"精意勤求十载功",我们求得"精意",恐怕要花十年的工夫。现在读书或者做学问时,常常是把简单的问题复杂化,化简为繁常被看作是有学问的体现。其实,大道至简,真理平凡。例如,很多人学佛,就经常问怎么个学法,总觉得学佛好像很深奥,修行很神秘。我认为,修行就是把该做的事情做好。很多人喜欢到庙里打禅七,七天下来心里似乎安静许多。事实上,修行的真谛是平静地对待每天都要碰到的事情,做好自己的本分。每天都能做好日常的事情比去做一些玄妙的事情要难得多。

读书的次第是什么?我觉得就是《中庸》中所说的:博学、审问、慎思、明辨、笃行。

什么叫"博学"?黄侃先生讲过一句话:"所谓博学者,谓明白事理多,非记事多也。"博学是因为明白很多事理,而不是记住了很多事情。明白事理是一种智慧,中国的传统文化是一种学智慧的文化,而不是单纯的学知识的文化。知识是静止的,智慧是变动的,智慧是一种发现、掌握、运用知识的能力。

审问就是要多问为什么,要不耻下问。子曰:"三人行,必有我师焉。"(《论语·述而》)我们身边永远都有值得学习的人和事,不要以自己的长处去比别人的短处,那就没有学习的必要了,我们应该时刻看到自己的不足。

慎思,即认真的思考。孔子说:"君子有九思:视思明,听思聪,色思温,貌思恭,言思忠,事思敬,疑思问,忿思难,见得思义。"(《论语·季氏》)我们碰到事情就要思考,读书更要思考。慎思然后就要明辨,分辨是非、疑惑,知道哪些事情该做,哪些事情不该做等等。

笃行,即身体力行。荀子讲:"知之不若行之,学至于行而止矣。"(《荀子·儒效》)明白不如做到,学到并做到,才算达到了读书的最高境界。

智、仁、勇这三种品德是每个人都应该具备的,《中庸》里讲:"好学近乎知,力行近乎仁,知耻近乎勇。"老子说:"知人者智,自知者明。胜人者有力,自胜者强。"人最难的就是做到"自知",人贵有自知之明,人更贵有自胜之强,能够战胜自己的人才是强者。很多人认为,战胜别人的人才是强者,而在中国的传统文化中讲的是战胜自己的人才是强者。天下没有两片完全相同的树叶,人也一样,人的智力、体能等各方面都存在差异,充分发挥自己的能力、特长才是真正的成功。

一个社会永远是有善恶、美丑的，我们不能太理想主义。人的身体、社会现象的平衡不是简单的百分之五十和百分之五十的比例，也许有的是要这个百分之七十，那个百分之三十才是平衡，很多事情都不能一概而论。和谐、平衡不是我迁就你，你迁就我，而是你尊重我，我尊重你，保持各自的差异和特点，不需要改变我的看法来附和你，也不需要改变你的看法来附和我，这才叫和谐、平衡。

我编书,我写书

○ 钟叔河

一个平凡的读书人

前些时,在湖南很炒作过一阵子"湖南精神",很强调"湖南读书人的传统"。对这种宣传我不感兴趣。因为我认为,读书人——知识分子不能分为湖南的、湖北的、广东的……他们都是公共的。

我只是一个普通的读书人,一个普通的、做编辑的知识分子。

知识分子如果按职业来界定,大体可以分为三部分:最大的一部分是教育工作者;另外一部分是创作研究者,包括写作者和科研工作者;还有一部分是信息传播者,包括记者和编辑。此划分不一定很准确,但大体上是这样。

我所说的这三部分人,要求具备的素质各不相同。唐朝写《史通》的刘知几讲过,论人才看"才、学、识"。

我认为,教育工作者首先要有"学",教书的人总要比被教的人多一点学问;看他合不合格,先看他有没有学问。搞创作研究的首先要有"才",学问当然要有,但更要有天分,要有才;如果他没有一点天分,搞创作研究那是不能搞的。做记者采访,搞传播,当主播、主编、主笔呢,对于他们而言,我认为最重要的就是"识",要有见识。

当然,"才、学、识"三者不是孤立的。要有见识,还是先应该有学问,孤陋寡闻是不可能有见识的。周作人讲过,搞鉴赏没有诀窍,就是要多看,看多了,即使自己不能画出一幅画来,但他能看出好画,能识货。搞编辑这行,看书看文章,看人,看事,都应该能看得出好坏,才能不错判,不上当。这就需要有一点见识。如果不具备这一点,你就很难做好。

我这个人的"学"很不足,毕竟只有自己看书看来的一些知识,七零八碎。"才"也不怎么样,中人之资,顶多在及格线上。只能说,文字功夫还是有一点点,边做边学也算积累了一点经验,对于中西交通,对于周作人,对于民俗文化这些方面有一点兴趣,谈不上有什么专门研究和学问,写点散文也看不出有多少才情。不过对中国的历史和文化,我多少有一点自己的见识,这是唯一差堪自信的。

我做编辑的时间,其实并不很长,十八岁到《湖南日报》(当时叫《新湖南报》),先搞采访,后当编辑,当到反右时不过四五年。那时在报社里当编辑,比现在的自由还少,自己能够做的事情不多,空间小。真正来编书,还是在一九七九年落实政策以后,不回报社,到出版社,才认真做了几年,但一九八九年我又离开了岗位,总共还不到十年时间。当然,一九八九年以后我还编过一些书,但已经不是坐在出版社里"做工作",而是自己想编啥就编啥,用现在的话叫"自由编辑"了。

报纸上说我小时候家庭条件不错,是世家子弟。其实根本谈不上,只是一个普通的读书人家,当然也不是劳动人民出身。过去,祖上要做大官,后代要有封荫,有稳定的产业和地位,生下来至少也是个"承仕郎"什么的,才能算世家。我的先人没这个资格,只是普通的读书人家。

一九四九年八月报社和新华社办了一个新闻干部训练班,我考了这个班,还没等到发录取通知,就和另外几个人到报社工作了。

我本来是要进大学读书的,想去学考古或者植物学。我父亲是教数学的,我哥哥学农的,我看过些自然知识方面的书,对植物学感兴趣,也看过一些介绍考古文化的书,对挖掘人类古文明的事更有兴趣。我考新闻干部训练班纯粹出于偶然,那时我才十八岁,正是青春期,有一个女孩子,我对她有好感,她要考新干班,我便跟着她去考。

我本来想读书,家里也有这个条件。父亲五十多岁才生我,一九四九年他已经七十多岁,早退休了。国民党省政府给了他一个"文献委员会委员"的名义,有一份收入。共产党来后,仍旧给了他一个"文史研究馆员"的名义,还是有一份收入。这种名义不会有很多钱拿,但毕竟还有点钱,而且是闲差,不必上班做事,也不必去开会学习,这就很不错了。而且他还是堂堂正正的"省人民政府工作人员",高知待遇,不属于"地富反坏",所以我要读书还是可以去读,何况那时进大学读书不要钱,都是公费。但是,报考新干班就算是参加了革命,安排了工作。他如果不需要你了,可以叫你走,往远处一调,不走也得走;他如果需要你,那就是"革命需要","个人必须服从组织"。不让去读书,去读书就是脱离组织,脱离革命。其实那时候,考北大、清华都行,因为北京的大学都空了,清华、北大的绝大多数学生都不要文凭南下了。只有少数人还想读书,但原来的课都停了,朱光潜、冯友兰他们都不讲课了,只讲社会发展史,讲猴子变人了。这样子,再加上开头几年在李锐、朱九思手下做事还痛快,又和朱纯恋爱了,结婚了,也就没有去上学读书了,自己读吧。

我在报社,负责同地方记者、通讯干事联系。通讯干事就是新闻干事,每县设一个,地市则设立记者站。我把通讯干事和地方记者发回的稿子整理见报。朱纯就是衡阳记者站的记者。一九五七年,我和朱纯都被打成了"右派"。幸亏我既无"家庭成分问题",亦无"政治历史问题",够不上"反革命";又没有犯过"生活作风错误"和"经济错误",不能叫作"坏分子"。于是由父亲出面,"申请回家自谋生活",免于去劳动教养,朱纯也没有去。

说是说申请回家"自谋生活",自己却并没有谋生的本领,的确苦过一阵子。父亲家里的生活本来还不很苦。我们夫妻两个原来的工资都不低,比我父亲的文史馆员还高一点,却从不储蓄。开头各带一个小孩回各自父母家"啃老",但"三年困难时期"跟着"反右派斗争的伟大胜利"接踵而来,纵然父母并不怨尤,自己也无法安心"啃"下去。于是一两个月后就从父母家搬出来,自己租个房子,我拖板车,朱纯糊纸盒子,来养活自己。刚拖板车时,真是拖得一身痛,主要是躺在床上没睡着时和睡觉醒来时痛得很。

再痛也得拖,好在年轻没生病,痛了几天,睡了几天,就不痛了。那个时候没有什么朋友往来,真正看书看得多就是那一段,还有就是后来关在牢里的时候。年轻时我有个长处,看书看得很快,而且看了就记得。

我父亲家里有些书,他还有省图书馆发给"高知"的特种借书证,我用他的证去图书馆可以借书看,连刻本《金瓶梅》都借出来了。说来你不信,拖板车拖得骨头都散架子了,还看《金瓶梅》。我对朱纯说:"饭还是要吃的,书还是要看的,要我们死我们是不得死的。"拖板车拖了几个月,慢慢在社会上找出了点门路,便到大专学校去刻写讲义。刻蜡纸,八毛钱一张,多时一个月刻五六十块钱,比拖板车强多了。后来又学会了机械制图,学会了做模型(翻砂木模和教学模型),钱容易挣些,书就更看得多些。我主要是绘图,出于兴趣也做木工,如今还留下两个欧式的木工刨子,就是我自己做的。欧洲的木匠是世界上最好的,他们的手工刨,结构、做工和用材,都比中国的好。

出周作人的书

抗战时期在平江老家,老家没新书看,全是线装书。

哥哥和姐姐的初中教科书，国文、历史、地理、动物、植物，成了我最喜欢的读物。大姐比我大八岁，哥哥比我大七岁，他们的课本里面有周作人、冰心、朱自清、叶绍钧等人的文章，我对周作人的文章最感兴趣。他的文章不做作，禁得看，开始看难懂些，但是越看越有意思。不像"燕子去了，有再来的时候；桃花谢了，有再开的时候……"那样朗朗上口，但读过几遍就乏味了。有一篇《金鱼、鹦鹉、叭儿狗》，后来才知道是从《看云集·草木虫鱼·金鱼》中摘录的，真是百读不厌，每次读都有新的体会和感觉，至今仍然如此。课本中的"作者介绍"，介绍他有《自己的园地》《雨天的书》等作品，我脑子里便牢牢记住了这些书名，后来一见到就弄来读。总之，这个人的文章对我的胃口，我就是喜欢他的文章。

参加工作后不久读到上海出版的《鲁迅的故家》，署名周遐寿。其中有一节《一幅画》，说他的小弟弟三岁时死了，母亲叫他找人画一幅像，又没有照片，不知道什么样子，画师完全是凭想象画的。这幅画在母亲的房里挂了"前后足足有四十五年"，在母亲八十七岁去世后，周作人写道："这画是我经手去托画裱好拿来的，现在又回到我的手里来……现在世上认识他的人原来就只有我一个人了。"真是至情之文,看后很是感动。

　　后来又在一位张姓朋友处看到一本《希腊的神与英雄》,也署名周遐寿译,也觉得很好,希腊神人的名字多与通用者不同,便要张写信去问出版社。那时候出版社对读者来信不像现在,是很重视的,他们自己没有回信,把信转给周作人。周作人回信给出版社,再转给张,我们才知道周遐寿就是周作人。后来我就给周写信,问他要书,请他写字,他都一一回应了。从此便和他通信。一九八九年周丰一整理他父亲的东西,发现了我一九六三年十一月二十四日写给他父亲的一封信,便将其复印一份寄回给了我。

　　因为有了这段交往,所以我于二十世纪八十年代在岳麓书社出版了许多周作人的书。

　　出周作人的书,不只是因为我喜欢他的文章,更重要的是因为他的思想和见识有启蒙的意义。四十年来不印他的书,对新文化的建设是很大的不幸,该设法补救。当时出他的书有风险,有阻力。后来岳麓书社终于未能将书出齐,半途而废,即可见阻力之大。

　　我出他的书,采取了一种态度,就是我自己不去写周作人,不去评论周作人。要写我也可以写一写,可能无法写得像别人那样好,但至少可以写得比别人早。为什么我不写? 因为我一写,就要卷入到争论中去。我不参加关于周作人的争论,但我出他的书总是没有错的。即使要批判他,也要掌握他的材料吧? 你不能瞎批啊,没看过他的文章怎么批?

当初出周作人的书时,的确承受了很大压力。岳麓书社是一家"古籍出版社",周作人的书并非古籍,你古籍社为什么出周作人? 这是不务正业。《走向世界丛书》还是文言文的东西,"五四"以后的就不是了。周作人写的是白话文,而且还是白话文的开山祖,别人看来这是和古籍不相干的。

出曾国藩的书开头也有人反对。报纸上有很长的文章说,曾国藩是汉奸刽子手,还要出他的家书,"如此家书有何益",文章的标题就是这七个字。有人写材料寄到北京,说钟叔河钟爱汉奸,出了曾国藩又出周作人,就是不乐意出"我们的研究成果"。但我坚持认为:曾、周这两个人是绕不开的。要了解晚清的政治和文化,你就绕不开曾国藩;要了解五四新文化和新文学,就绕不开周作人,他们是客观的存在。如何评价他们,是研究者的事;我不是研究者,我只是一个出版者,只提供资料。如果要我办出版社,我就要出这样的书;不要我办,我立马就走。

出《走向世界丛书》

《走向世界丛书》是我从牢里平反出来到出版社后编的第一套书。一九七〇年把我打成"反革命",判刑十年,到一九七九年才平反,坐了九年牢。

一九七〇年,"文革"中搞"一打三反",有人检举揭发我这个右派分子家里常常高朋满座,说我当众大讲,不该说什么"天下大乱,越乱越好";不该把《史记》《红楼梦》的线装本烧掉,"烧了以后难得印"。这类的话我也确实讲过。最要命的是,有一些中国国民尤其是中国读书人的品质是很差的。以后如果再来一次"运动",干这种检举揭发勾当的人仍然还会有,永远不会缺乏。

一九七九年,终于平反出狱了。平反以后,本应该回报社的,但我不愿意回去。到出版社来,是比我先"改正"的朱正推荐的。朱正早就出过自己的著作,名气比我大。我本就想编书,不愿意编报,编报纸副刊也觉得没有多少意思。

到了出版社,先是建议编《曾国藩大全集》,紧接着就动手来编我自己心目中的《走向世界丛书》，把最早走出封闭的古老中国的大门，最早走向现代外部世界的人们的记述整理好，印出来。

这个想法我早就有，早觉得这些书应该流传。当然，在坐牢的时候，并不会想到自己来编书，但我一直在想一个问题，就是中国怎样才能"变"，变成一个现代化国家。中国从清朝起，面临的大问题就是怎样实现现代化。为什么要现代化呢？因为中国还是一个现代化前的国家，是一个封闭的国家，它不跟外部世界正常地、自由地交流接触，它脱离了全球文明进步的正轨。地球上所有国家和地区，在中世纪前都是这种情况，那时候各个国家和地区都是互相隔绝的。在航海大发现和产业革命以前，欧洲也是封闭的。世界被分割成不同的地区，西北欧是日耳曼，南欧是罗马、希腊，波斯、阿拉伯则为另一世界，东亚属于汉文化圈，美洲则是印第安人，各种文明都是不相往来的。后来经过文艺复兴，经过航海大发现和产业革命，西方就开始走向世界了。"天朝帝国"却以为自己"独居天下之中，四裔皆夷狄"，自己的"精神文明"最优越……

三十多年前，要出曾国藩的书，要出《走向世界丛书》，都有阻力，有压力。我深深感觉到，在中国做任何事情都会有压力,如果要坚持自己的理念。

《走向世界丛书》,为什么要取这样一个书名呢?因为我不想它看起来像古籍。不是说岳麓书社只是一家"专业分工的古籍出版社"吗?我就是要打破这个框框。它们本来就不是古籍,写的是火轮船、德律风(电话)、巴力门(国会)之类现代事物嘛。我也是世界上的一个人,牢狱也是世界的一部分,不可能完全和社会隔绝,思想更是牢门关不住的。在坐牢的时候,我就长时间思考过中国为何会如此,中国为什么会走到现在这一步,以至于把我们这些从不犯法更不造反的读书人都关到牢里了。我们不过读了几本书,关心些历史和世界上的事,有一点对文化对社会的看法,怎么就成"反革命"了呢? 由此可见,中国的根本问题是:如何与世界同步,如何走向现代世界,如何使中国成为全球文明的一部分,如何实现现代化。

清朝也好,慈禧太后也好,都是抗拒现代化的,他们认为统治者的麻烦是现代化带来的。中国传统社会本是个超稳定的系统,它内在要求变革的动力是很弱的。中国文化本质上也是内向的、自满的,我们自己的什么都是很好的,我们不需要外来的东西。只能"用夏变夷",用伟大的华夏文明去改变那些外面的野蛮和落后,而绝不能"用夷变夏"。我们的东西都尽善尽美，这是中国传统文化的根本心态。

当然，中国的文化确实有它的优越性，我并不蔑视传统文化。中国人作为一个古老的民族，他的文化有强大的生命力和凝聚力，但凝聚力也就是保守力，保守得住。正因为如此，中国要走向世界非常艰难。

中国对西方的了解，比起西方对中国的了解，起步要晚一千年。中国人真正走出去看世界，是鸦片战争几十年后的事。西方中古有四大东方游记，后来利玛窦他们还带来了大量的书，带来了西方的文化，当然那时候他们不叫文化叫宗教。中国走向世界的艰难，从《走向世界丛书》中可以看得清清楚楚。像郭嵩焘那样的人是凤毛麟角，像刘锡鸿那样的人是骂外国人的，有些人承认外国有些技巧上的东西，但"礼教"即文化上是不行的。这些看起来很可笑，但将这些记录下来，在文化思想史上就很有价值。

《走向世界丛书》在头一年里出了十二种，一个月一种。之所以要集中地出版，是因为如果分散地、一本一本地出，不容易给读者留下深的印象。原书都是用的文言文，不一定什么人都能看懂，所以还得在每种书前面写很长的导言(叙论)，介绍这个人的基本情况，和他到外国去的背景，还有他记载的最有意义的事物。透过这些记载，看出他的心态和他的见识。后来我自己也写了两本书：一本叫《走向世界》，我加了个副标题——"中国人考察西方的历史"；另外一本叫《从东方到西方》。前一本是在自己研究的基础上写成的专著，后一本则是丛书几十篇叙论(导言)的合集。

《走向世界丛书》出版后，社会影响很大，但我自己只感觉做得比较累。但因为做的是自己心里想做的事情，虽累也不觉得特别苦。只说写叙论，长的一篇三四万字，最短的也有一万多字，各篇之间少有连续性，几天一篇，这就相当不容易了。

每种书先要找人抄出来，抄稿要校过才能发排，排字后又要校改两到三次，再加旁批作注释。一个月一种书，开头一种就是一本，平均十多万字，从发稿到付印，全过程都是一个人做。那时候我确实忙得连电视都没看过，仍然搞得津津有味。开头我是编辑室主任下的一个编辑小组组长下的一名编辑，只能单打鼓独划船。书前的叙论(导言)也是我坚持要写的，因为不写叙论书就没人看，所以只能打起精神来写。为了能够顺利通过"三审制"，前若干篇叙论都不用我自己的名字，用的是"谷及世"，就是"古籍室"的谐音,还用过"何守中"(钟叔河倒转)、"金又可"(钟叔河之半)。直到丛书"成功"以后,才找人帮忙校点过几种。但自己还是要做大部分的事,要选书,要写叙论,别人帮忙校点的书自己还得看校样。

出《曾国藩全集》

一九七九年到了出版社,一九八四年到岳麓书社当了四年总编辑,所做的事值得回忆一下的,除了出周作人的书和出《走向世界丛书》两件事外,还有一件事便是力争将新编《曾国藩全集》列入国家出版规划,并组织实施。

中华人民共和国成立前,我看过曾国藩的家书,也看过他的文章。我并不认为曾国藩能够解决今日中国的问题,因为他属于过去了的时代。但他是旧文化的最后一个集大成者,他的个人能力是出色的。在统筹决策方面、组织协调方面,以及学术文化方面,他都是一流的人才。他做实际工作时间不长,却做出了那么大的成绩,这是很了不起的一个人物。研究人才学,他是一个标本。另外,他在培养教育人,发现人才方面有独到之处。他的文笔也好,可读。

曾国藩不单纯是一个军事政治人物，他还是个学者，有很高的文化。他深入地研究了中国的传统文化，而且做了大量的编辑整理工作。中国的旧体制在当时走到了穷途末路，面对"三千年未有之变局"，要么赶快实现现代化，跟上世界潮流，要么就是被世界潮流抛弃。在这个关键的时候，曾国藩的思想反应和表现作为，是特别值得深入研究的。把曾国藩的书列为禁书，是没有一点道理的。就是要批判曾国藩，也得研究他的书，研究他的全部著作。而且，越是研究曾国藩，就越能够认识到，连曾国藩这样有作为、有能力的人物，都无法挽救旧体制的崩溃，那只能说，这个旧体制的确是危机深重，不能不崩溃了。这一点更加深刻地说明了旧中国必须改变。

一九八三年，李一氓因为《走向世界丛书》的缘故，让我去北京开会（国家古籍出版规划会议）。在京西宾馆的会上，我做了发言。《走向世界丛书》这时无须讲了，我就讲曾国藩的全集必须要新编出版。国家规划原来只允许影印刻本《曾文正公全集》，我说那不行，原来删掉和漏掉了大量的书信和批牍，还有不少其他集外文，都必须收集编印，将曾国藩的所有资料编成一部"大全集"。我跑到北京图书馆去，把旧刻本和台湾影印的材料同时搬到会场上,一篇一篇、一条一条指出旧版本为什么不完善,不能简单地影印。就这样,新编《曾国藩全集》才列入了国家规划。

一九八四年,我被动员到岳麓书社当总编辑。此时,书社已经将《曾国藩全集》列入了选题,分配了某一位学文学的同志做责任编辑。我去了以后,发现他更适合编古典文学书,便决定改由邓云生(唐浩明)来做责任编辑。邓学过工程,我觉得这正好是他的一个优点,因为学工的人经过科学技术训练,工作方法比较周密。我对他说,你搞《曾国藩全集》正好,学过工科是你的优势,何况你后来还是文科研究生呢。于是便调整分工,让唐浩明来做《曾国藩全集》的责任编辑。

为了出《曾国藩全集》,书社和我承受了很大的压力。唐浩明后来因为写小说《曾国藩》出了名,但当时还没有出名。我却已经搞了《走向世界丛书》,在全国有了一点影响。在湖南,我在一九五七年是著名右派,报纸上登过头版,大家都知道。书社的总编辑又是我,所以这个压力主要只能由我来承担。

《曾国藩全集》付印的头一本《家书》出版后,《湖南日报》发了一篇大文章《如此家书有何益?》,反对出这个书。还有人向省委告状。我对社里同志们说,沉住气,我们不必和个人去争论,这种争论一开展起来,就会没完没了。只要快出书,出好书,在国际上,至少在全国范围内造成了正面的影响,只要大家觉得这个书出得好,反对的声音自然就压下去了。

很快,中国内地、香港、美国的报纸都发表了评论,把湖南新编《曾国藩全集》比成"爆炸了一颗文化上的原子弹",都说出版曾国藩的书是大好事。

有人后来说:"策划出曾国藩的书没什么值得提的,刻本《曾文正公全集》光绪年间就出了,民国时期到处印,列入规划算什么呀!"现在来看,印曾氏的书当然不算什么,但是二十世纪八十年代初的情况又是怎样的呢?讨论出版规划的会,说这话的人也没去参加,怎么知道当时的情况呢?当然我也并不认为提议、策划出一部书有什么"值得提的"。做这件事情开始是出于我的本心,后来是我当总编辑的责任;选派适当的人当责编,也是我分内应该做的。如果这部书还有缺点,作为总编辑,首先也是我的责任。

我从来不认为别人发表文章批评反对是什么了不起的事情。今天还有人不赞成出曾国藩的书,出周作人的书,也没有关系。提倡自由,不能只意味着我要自由,别人也要自由，也有他说话的自由。曾国藩的书和周作人的书，一万年以后还会存在的；对曾国藩和周作人的评价各有不同，会发生争论，也是一万年以后还会存在的。我认为，评价曾国藩和周作人是一回事，出版他二人的书又是一回事。我一般不去读评论曾国藩或者周作人的文章，更不去参加争论，那样反而会妨碍书的编辑出版。我总是站在提供资料的立场，这样就立于不败之地了。我只说，要肯定他，要批评他，都得看他的书；不看他的书，讲的很多话就没有常识。这样立论最站得住脚。虽然我一直在出书，在出书方面我却没有受过来自北京的任何批评，没有被抓过辫子。

我认为，如果觉得这个人"倾向好"，他的东西就发表，就尽量出他的书；那个人的"倾向不好"，就不准出他的书，连有价值的东西也不出，这本身是一种反文化的态度，对文化事业是有害无益的。

本人的研究和著作

从一九七九到一九八九，编辑工作做了十年。到二十世纪九十年代离休以后，自己的研究和著作，属于散文和读书随笔方面的不必在这里说。只说三本书，就是《走向世界——中国人考察西方的历史》(中华书局)、《从东方到西方》(上海人民出版社)和《中国本身拥有力量》(江苏教育出版社)，都是研究十九世纪中国士大夫对西方文化的认识及其反应的。

我认为，现代性与传统的冲突和趋同，乃是中国近代文化思想史中最重要、最基本的事实之一。现代前中国社会的领导阶层是传统的士大夫阶层。在进入新的历史时期，面对"三千年未有之变局"，面对现代世界时，这个阶层对自己社会的信心如何？其传统的价值观与制度面临怎样的考验？对西来的新事物和新学说持何种态度？对帝国主义侵略、基督教渗入以及一切"洋务""洋人"又做何反应？这些都很有必要做具体的研究和分析，也就是我进行上述工作的主要意图。国内这方面的研究似乎尚处于比较零散、比较初级的阶段，或者停留在几个代表人物身上，或者把士大夫阶层和其他阶层的"人民群众"笼统地混在一起。起初，国外有学者做过一些小范围的定性和定量分析，但往往只能从他们所熟悉的史料着手，影响也相当有限。

历代中国知识分子都是由士而仕、官文合一的。士大夫的性格在很大程度上塑造了中国传统主流文化的性格。中国古代社会长期停滞不前的主要原因之一，就在于这个占领导地位的士大夫阶层有着难以克服的致命弱点。十九世纪开始了全球文明时代，十九世纪以来中国历史的根本问题就是走向世界、走向全球文明的问题，也就是实现现代化的问题。

现代化的"现代"，就是全球文明的时代，其重要标志即各个地区（国家）固有传统文化的交融和趋同。近代中国的现代化为什么这样艰难曲折？就是因为近代前中国社会的领导阶层——士大夫阶层对现代化没有内在的要求和思想准备，对此他们始终是被动的、消极的。士大夫身上遗留下来的依附性、保守性和软弱性成了中国实现现代化的精神障碍。当然，中国士大夫中不乏忧国忧民、爱国爱民的仁人志士，但他们在没有脱胎换骨之前，都是空有砥柱中流之志，而乏回天挽澜之力。汤因比曾经说过，在各种文明发展过程中，"挑战愈强，刺激就愈大"。鸦片战争和甲午战争之后，国难、国耻的重压，西方物质文明和精神文明的双重入侵，极大地激起了民族政治情感的高涨，而士大夫中的有识之士更是忧国忧民，以至谭嗣同发出"四万万人齐下泪，天涯何处望神州"的沉痛呼号，这种忧患意识似乎是某些中国士大夫民族觉醒、思图变革的一个契机。到十九世纪中叶，西方一些国家已经现代化了，国力强盛，经济发达，而中国依旧是国弱民穷，经济落后。多数的中国士大夫却还是以近代化以前的社会文化观来看待西方国家，闭关锁国，妄自尊大，认为中国是"天朝上国""礼仪之邦"，西方国家则是无父无君的"夷狄"。这就是"内中国而外夷狄""足乎己无待于外"的传统偏见在作怪。

可是"天朝上国"的鸟枪土炮却敌不过西方国家的坚船利炮，结果是一败涂地，被西方国家打开了国门。由此士大夫中的有识之士才开始清醒意识到学习西方先进科学技术以图强国富民已是刻不容缓。然而，士大夫们只肯承认西方国家物质文明的"厉害"，却始终认为"精神文明"还是我们这个"礼仪之邦"优越。他们坚持认为中国传统文化比西方国家优秀，把"国粹"视为命根子，视为国家民族生死存亡的关键。至于洋人的坚船利炮，花钱买进来就是了。恭亲王、李鸿章、张之洞等人办"洋务"，他们的指导思想(至少公开宣布的指导思想)就是如此。

士大夫中的确也有筚路蓝缕以启山林的先行者。当时湖南的魏源把西方国家的富强之道作为客观参照物，探索立国之本,撰写《海国图志》,介绍大西洋欧罗巴各国,毅然提出了"师夷长技"之说。还有郭嵩焘、容闳、黄遵宪、薛福成等人,他们提倡走向世界,有意识地介绍西方文化科学,都起了思想先驱的作用。站在这些人后面的大人物是曾国藩。容闳是在曾国藩的支持下组织幼童留美,为上海制造局去美国买机器的,他在《西学东渐记》中推崇曾"可称完全之真君子,而为清代第一流人物",说他自己的这些工作都"因曾(文正)乃得告成"。郭嵩焘和曾氏既有金兰之好,又是儿女亲家。薛福成和黎庶昌都属于"曾门四子"。

正统的士大夫对异质的西方文化历来就是坚决抵制的,这且不论。就是对西方近代文明持欢迎和接受态度的士大夫中的先进分子,在思想意识深处也仍然存在新旧观念的矛盾和传统与现代的情感纠葛,如严复、康有为、梁启超、王国维、章太炎、梁漱溟这一批人,他们中的一些在后期,或多或少地回归了传统。这种现象并不奇怪。五四运动前后,中国才开始出现现代意义上的知识分子。陈独秀、蔡元培都是从士大夫阶层中蜕变出来的,蔡元培本是翰林,陈独秀也应过科举。但是,旧士大夫的大部分却并没有(我认为也不大可能)完成向现代知识分子的转变,例如林琴南、王国维就是如此(当然,这并不等于说他们在某些学术领域内不能接受新的观念和新的方法)。他们不能把握住时代的潮流,不能站在大时代潮流的前头,以致酿成无可挽回的时代悲剧和个人悲剧。

那么,旧士大夫要转变成现代意义上的知识分子,关键何在呢?旧士大夫要转变成现代意义上的知识分子,关键在于必须与陈旧的传统观念彻底决裂,要通过民主与科学的洗礼,脱胎换骨。熟读《离骚》可能成为感慨悲歌的名士,却无助于现代化观念的形成。

现代化的观念就是民主和科学的观念。鲁迅著作的价值,正在于无情地鞭挞了专制和愚昧,深刻地批判了腐朽的传统观念。周作人的著作亦是如此。周氏兄弟正是从旧士大夫蜕变成现代知识分子的成功典型。

我们研究十九世纪中国士大夫对西方文化的认识及其反应,可以看出他们受传统文化束缚的深重,看出他们要接受现代化观念和否定自己的旧意识的艰难。只有引进和发展了新的生产力,看到了新制度的优越性,出现了新的劳动者阶层和新的管理阶层;通过认真比较,以及本身经济地位和物质文化生活的改变,才能比较自觉地放弃陈旧的思想,接受新的观念。这个过程十分复杂和曲折。研究这个问题对我们今后搞改革开放，实现现代化，具有强烈的现实意义。因为我们也是士大夫的第二代、第三代，在我们血管里流着的还有士大夫的血液。正如我在《走向世界丛书》的总序中所言，历史无情亦有情，后人的思想和事业肯定要超越前人，但前人的足迹总可以留作后人借鉴，先行者总是值得纪念的。庄子云："日月出矣，而爝火不息，其于光也，不亦难乎？"我只是一个普通的编辑，能发出的光和热甚至还不及爝火。但我编的书，我写的文章，我所进行的一点研究，总可以发出一点微弱之光，投射在人们摸索前进的道路上。即使它能起的作用再小，再微不足道，至少总是无伤乎日月之明的吧。

我的读书生活

○ 谢冕

我没有"童年阅读"

在我的记忆中,我几乎没有"童年阅读"的阶段。我似乎是一开始就摒除游戏性质的训练而进入"纯正"的文学阅读。我从小就不喜欢现今被称为通俗文学的那类作品。偶尔也涉猎过《七侠五义》《施公案》之类的小说,但往往"不忍卒读"便放下了。那些描写引不起我的兴趣。我的童年是艰难且充满忧患的。家境贫寒,再加上异国入侵的战乱,个人和家庭的生计维艰,以及笼罩头顶的战争的乌云,剥夺了人生最天真无邪的那个阶段。我的"心境"与那些轻松的愉悦的阅读无关。早熟的人生使我天然地排斥那种旨在消遣的阅读活动。

我的小学至少换过四个学校才勉强地读完。有的是因私立小学缴不起学费，有的则是因战事逼近而逃跑迁徙。初中的三年更是在愁苦中度过的，每一个学年开始，我总为筹措学费发愁。好不容易缴了学费入学，每日的吃饭又成了问题。砍柴、拾稻穗、替父母典当混日子都是我童年时期的真实的东西。

可以说我的童年阅读是被恶劣的生存环境所剥夺了。我没有任何的物质和精神的条件为这类阅读提供可能性。我的青少年时代的教育也不完备，动荡的岁月使我很早便离开学校。军旅多变动的生活使我很难安闲地读书。因此，一些现在看来是经典性的古典小说如《水浒传》《三国演义》《红楼梦》等，都是军队复员进了大学以后按照文学系正规的要求阅读的。这时候读那些作品，已经是专业研究者的眼光，而非单纯的欣赏了。我从来也没有喜欢过《封神演义》《西游记》或《镜花缘》一类作品，我不喜欢它们和现实生活"隔离"的姿态和角度。

恶劣的环境和艰难的人生，使我自然地远离童年时代或青少年时代自然会有的那种"阅读的享受"，我发自内心地拒绝对于书本的消遣和嬉戏的态度。也许这是有悖于常理的，但却是我的实际情况。这与后来我视文学为庄严神圣，以及把它当作匡时济世的手段的观念的确立不无关系。

但童年的我的确喜爱书籍和喜爱读书。当同样年龄的孩子热衷于玩捉迷藏一类游戏的时候，我已经饶有兴味地读起了"五四"新文学的作品。那时没钱买书，但还是千辛万苦地拥有了一些。有一两个童年好友同样嗜书，就在其中一位的家中办起了我们自己的"图书馆"——各人把自己的"藏书"都搬到了他家中，像正式的图书馆那样给书分类、编号——但借书人仅限于我们自己。这就是我童年时代的以"合资"形式筹办的"内部图书馆"。这些近于游戏性质的活动，对于我们良好习惯和高雅情趣的养成，默默地起着作用。

文学与我

在有的文章里，我说到童年时代我受到新文学中两位作家极大的影响，这就是巴金和冰心。"巴金教我抗争，冰心教我爱"。这是真实的，不是因为他们二位是大师我才这么说。《寄小读者》我很早就读了。这部作品以它博爱的胸怀、高雅的心灵和优美的文体，为我展开了一个崭新的世界。我为这个世界所倾心。随后，我进了初中，我以当时在报上发表文章获得的几乎是全部的稿酬，买下了开明版的《冰心全集》。在那里，我读到了《春水》和《繁星》，也读到了《往事》和《南归》，我至今还认为冰心写于一九三二年的全集自序是一篇非常优美的具有典范性质的散文。至于《南归》所传达的丧母之痛，从那时起直至今日还时时唤起我的哀然。

我读巴金要晚一些，是上了中学之后的事。我中学母校是英国教会办的三一中学，那里弥漫着英国式的学院气氛，英语是第一语言，有繁多的宗教活动。而当时却是抗日战争与第三次国内战争纠结的时期，对现状的不满使我思想激进。我自然而然地接近了巴金的世界。因为对旧世界的吞噬和倾轧有切肤的痛感，我能够理解巴金的反抗精神，并从他那里获得了爆喷的激情。

动荡的时代使我们这些生活在底层的知识分子备感痛苦。看不到出路，也没有应变的对策，我们只能从自己有限的阅读中寻求力量。在这样的情况下，我们——我和我的那些爱好新文学的初中同学们，便把《家》中那些反抗封建压迫和追求光明的青年人当成了行动的楷模。二十世纪四十年代后期，中国大地遍地硝烟中，我们几个同学在南中国的一个城市里，自觉地纠合在一起办起了我们自己的"读书班"。我们在正式的中学课程之外有计划地阅读和讨论我们认为有意义的文学作品。我记得，第一课便是巴金的《灭亡》和《新生》。

我没钱买书，只能到处找书来读。堪可告慰的是，兵荒马乱之时，居然还有很多的书摊和书店在开张。每次放学，我总到书店里去"免费"地找书读。那时有个好的规约，不论多小的书摊，老板从不驱赶那些买不起书的免费阅读者。在那些书摊上，我读到茅盾的《子夜》、徐訏的《风萧萧》，还有《马凡陀山歌》。

我们的学校在福州风景秀丽的仓山区，闽江水从那里流过城市的中心。有一天，在学校的附近盖起了一座漂亮的西式小楼，原来是一座私人筹办的小型图书馆。我记得它名叫"鲁颐图书馆"。那里有清雅的阅览室，我们可以在那里读到来自上海、南京和本省的许多报纸和刊物，还可以读到许多新出版的书籍。恶劣的环境、饥饿、贫寒，加上日益逼近的战火，我们这些穷学生，居然拥有一座如此温馨的精神家园，真是喜出望外。都说旧社会物欲横流，每当想起那座小小的图书馆，我心中却充盈着温暖的安慰。二十世纪八十年代我返回家乡，那座小楼已荡然无存,周围盖起了卡拉 OK 厅、电子游戏厅和餐馆。

做学问从多读书开始

我喜爱新文学,我总是满怀欣喜地亲近、投入它的怀抱。那时我年纪小,不明世事,但却相信新文学造出的世界是属于我们的。它所展现的诗意和追求是属于我的。我那时读不懂鲁迅,但却不由得为他的深奥所吸引,我感受到了他的深厚和沉郁,甚至也感受到了它的严峻和尖刻。但是那时我无法理解他,不仅他的杂文,甚至是《狂人日记》和《阿 Q 正传》,但他的独特风格吸引了我,他的异端色彩对于年少的我展示了极大的诱惑力。

同样,我也读不懂郭沫若。《女神》那集子里的诗,大部分我难于理解。只有《地球,我的母亲》等少数几篇,我大体知道说的什么。说到《地球,我的母亲》这首诗,我想起一件趣事。这事发生在我还没有读到这诗之前。那是初中一年级的时候,年级办墙报,大概因为我喜欢文学和写作,便推我当上墙报编辑。有位同学投来了一首诗,题目便是《地球,我的母亲》:"地球!我的母亲!我过去、现在、未来,食的是你,衣的是你,住的是你,我要怎样才能报答你的深恩？"我接到这篇"投稿"很是欣喜,以为我们这里有写这样好诗的天才。墙报出来了,署名当然是那位同学。事情过了很久,我接触了《女神》,方才想起那是一次抄袭事件。郭沫若的《凤凰涅槃》《天狗》等等,那时是不可能理解的,便如同我能感知鲁迅的魅力,我隐约地窥见了郭沫若的狂飙所体现的时代激情,我为他的气势所震撼。

新文学的作品我竭尽全力把能够找来的,都读,不管理解不理解,总是如饥似渴,生吞活剥:除了冰心和巴金,还由鲁迅和郭沫若读开去,一直读到沈从文、曹禺和郁达夫。郁达夫的作品在二十世纪四十年代拥有很多读者,他的书那时还在畅销。我接触《迷羊》是在姐姐家里,在她那里看到《迷羊》很感奇异,因为它展开的是那样的世界。后来读到了他的其他的小说,《春风沉醉的晚上》我依稀能够感觉到特殊的场景透出的同情心,而对《沉沦》,我除了对女性肉体的裸露而惊异,几乎体察不了他那复杂的心情和创作的意图。《沉沦》对于少年的我几乎是不可知的。

我就这样不加选择地、似懂非懂地吮吸着"五四"新文学给我的滋养。几年间,居然也积累了这方面的一些知识。我是从作家和作品进入现代文学的,这知识起初是破碎的和零星的,整体地对于新文学历史的把握,那是入了大学之后的事。由此我领悟到，人对于知识的积累是渐进的，由感性而理性，由零碎而系统，最后形成整体的史的概念。

只读一本历史不够，历史应当由无数生动的作家、作品、事件所充填，这样的历史才是鲜活的和丰富的。不论欣赏还是治学，第一步都是对于材料的占有，即必须从阅读(从"无目的"到有目的)大量的作品入手。做学问最忌讳的是不接触创作实际的空发议论。我深深厌恶那种不占有材料而好发宏论的空头理论。

为此我经常劝诫现在我的学生：做学问第一步是了解事实和占有资料，理论和观点也许存在偏颇，但最大的坏习气却是空无的虚妄。我当过大学生，那时教中国文学的、东方文学的、西方文学的老师，总是布置许多阅读书目，功课如泰山压顶时，往往对着这么长的书单发愁，甚至想偷工减料。现今思来，那是非常危险的念头。

有学生问起我的读书经验，我回答说，不要反感和轻视老师开的书单，不论你多忙，都要把那些书找来读，哪怕读得非常匆忙、粗疏，但最要紧的是，都要读！这是我的最重要的读书体会。《文心雕龙·神思》篇讲"积学以储宝"，我注重"积学"二字。青少年时代没有负担，拼命读书就是。如今我常感慨没时间读书，试想，以我如今的繁忙程度，我能够有机会把但丁的《神曲》,把高尔基的《我的大学》,把罗曼·罗兰的《约翰·克利斯朵夫》和巴尔扎克的作品再阅读一遍吗？有的书也许可以,但大量的、多数的书,人的一生中只能和它相见一次!

古典的启蒙

以前我曾说到我对中国新文学作品的情有独钟,这丝毫没有无视和轻视中国古典文学的意思。相反,我是异常倾心于那些在漫长的历史长河中闪闪发亮的文学星辰的。我以为鲁迅发出的"我以为至少——或者竟不——看中国书,多看外国书"的声音,是有感于它们的"与实人生离开"的弊端,怕它们消磨了青年人的锐气而对之持批判态度的。其实,鲁迅自己是读了很多中国古书的,这只要看他附于日记的购书单便知。

应当说,我的文学启蒙始于古典文学。那时的中学课本收了诸多古典名著的片断,如《论语》的《侍坐章》便是。讲《侍坐章》的语文老师我如今还深深感激他。他是毕业于"中央大学"国文系的余钟藩先生。他用福州方音吟诵此段文字,极富乐感,能够传达出孔子和他的学生们的神采气韵来。现在想起来,我还为这最初的文学和诗情的启示而深深激动。

《侍坐章》是孔子和子路等几位学生座谈志向的记录。他们各言其志,孔子或微笑或不语,独独在曾子说后而有叹喟。他们谈论的内容,少年人很难洞彻其意。但当余先生吟诵"暮春者,春服既成,冠者五六人,童子六七人,浴乎沂,风乎舞雩,咏而归",那种投入而陶醉的神情,似乎时间愈久而印象愈深。

第一次从课堂的讲授中感受到中国古典文学那超乎内容蕴涵之外的宽泛而持久的艺术魅力,由于兴趣的诱发,以后我便自己寻找那些古典作品来读。最先接触的是简赅而有意趣的作品,如"春眠不觉晓"或"红豆生南国"之类。后来,便读到李商隐的《无题》和《锦瑟》。"锦瑟无端五十弦,一弦一柱思华年",那意思是说不清的,说不清也不妨,它却如神秘的磁石般吸引着你。夏夜户外乘凉,是南方人的习俗。晚饭过后,暑热渐消失,搬一竹质躺椅于屋檐下,听四围虫声鸣叫,龙眼树梢轻摇,竹影婆娑,口诵杜牧一曲《秋夕》:"银烛秋光冷画屏,轻罗小扇扑流萤。天阶夜色凉如水,卧看牵牛织女星。"眼前景与胸中意都借助这清俊的诗句得到传达。杜牧之外,王昌龄的绝句我也十分喜爱,刘禹锡的《乌衣巷》更莫名地唤起我远古的悲怀。

对于古典文学作品的寻觅是与新文学的追求同时进行的。文学欣赏加上当时已经萌发的写作兴趣，占去了我很多本应花在课堂上的注意力。从小学至初中，我的学业是畸斜的，外语和数、理、化的成绩都不好。我对数学，包括几何、代数和三角都头疼。因而我的数学水平大约总维持在小学三年级的程度，今天也是如此。

那时的学校也兴郊游，郊游在我们那里叫远足。远足要穿好衣服，而且要交餐费和交通费。家境贫寒的我，既无好衣服，又交不起那些费用，每年的远足我总托词不参加。为免得父母伤心，我这时总把自己关在楼上读书。这时候，那些遥远年代的作品，便成了凄苦寂寞中的安慰。我那时已经找到了李白、杜甫和白居易。白居易的两首长诗《琵琶行》和《长恨歌》，那时我全部都能背诵下来，全靠的是大家都郊游去了我把自己关在房中的那些时日。我以精神的富足来抵消物质的贫困，诗意的温馨弭平了童年的哀愁。

唐诗的知识大约总来自《唐诗三百首》，当然还有《千家诗》。小时我还读过《幼学琼林》那类启蒙读物，后来则似懂非懂地进入了《古文观止》。《古文观止》中最好读的是那些写景抒情的文字，如《陋室铭》《醉翁亭记》《秋声赋》

《赤壁赋》和《岳阳楼记》等。这种阅读和欣赏不仅增加了我的文学修养，而且也默默地影响了我的精神。读范仲淹的《岳阳楼记》，不仅他描写的洞庭湖冬春阴晴的风光给人以审美的享受，特别是他那进退皆忧的博大胸襟，无声地充实了幼小的心灵。

我以为不懂中国古典文学总是中国人的缺憾，但若因而染上了食古不化的病疾，却也是一种得不偿失。然而，古也并非洪水猛兽，全在学习者的自珍自持。至于鲁迅那种对于古典的愤激和警惕的理解则是我对中国文化积习有了更深体会之后的事。

我对中国古典文学知识的掌握，是由片断了解而进入系统，但阅读还是不多。我所读的《诗经》，仅限于游国恩老师当年要求记诵的八十首；《离骚》也是时隔四十年不再重读过。我读古典也凭兴趣。倒是一部广益版的《袁中郎全集》使我走过了人生的长途。吴小如先生二十年前赠我的旧版《黄仲则集》一直是我藏书中的珍品。

了解他人如何思考

现在我成了学者，要是我自我介绍说，我是一个并不用功的人，也许人们会不相信。但事实却是如此。我极少，也许竟还没有从头到尾完整地读过一本书。我总是一书到手随便乱翻，觉得有点意思了，可以从后面往前面倒着读。我极少有耐心一字不落地逐字逐句读那些著作。我总是跳着翻那些书页。我固执地认为，所谓"字字珠玑"总是夸张，一本书中能有一些讲述引起别人的注意就相当不错了。

这种跳跃式翻书并不是好习惯，但却表现了我对知识的汲取和承传的某些观念。我很重视那些通过写作讲出自己独特见解的著作。那些见解可能非常精彩，也可能偏颇甚至难免悖谬，但却是他自己的言说。从前人的叙说中获得知识的继承，固是读书应有之义，却并非意义的全部。我读前人或今人的书，除了知道他在说什么，更重要的是要知道他为何说、怎么说。

我对那些皓首穷经的人充满敬意。一个人以毕生的精力，去做自己认为有意义的一件事，这非有极大的韧性和毅力绝难做到。但是，我更重视那些以"六经注我"的姿态进行创造性表现的那类著作。人的一生很短暂，他很难把一切都弄清楚。作为生命曾经存在的证实，最有意义的工作似乎仅仅在于我曾经如此地思考过。

这种思考有时仅仅属于个人，它不以真理代言的面目出现，甚至是非常个人化的而并不是符合全面、准确的那些公认的治学原则的。但它却以独特性，甚至以与众不同的姿态而保留在后人的记忆中。我正是出于这种认识，总是十分看重这种"自以为是"的著作和论述。在我平生的阅读记忆中，有两本书给我留下极深的印象，这就是黄仁宇的《万历十五年》和李泽厚的《美的历程》。我不仅珍藏此二书，而且不止一次地将它们介绍给我的学生阅读。

我重视的是它们的作者那种创造性的思维。《万历十五年》有无纰漏我不知道，《美的历程》有人曾指出不少的知识性的疏漏，但这些都无法掩盖作者智性的光耀。一本不厚的书，把中国几千年的文明之美，做了最广阔和最大胆的归纳。从远古图腾到青铜的狞厉，从先秦理性精神到魏晋风度，他说了许多专门从事那一领域研究的人所未曾说出的话。如他说张若虚《春江花月夜》显示的是"少年时代在初次人生展现中所感到的那种轻烟般的莫名惆怅和哀愁"，便饶有新趣。又如，关于《红楼梦》这部几乎被说滥了的巨书，李泽厚关于感伤主义思潮在此书的升华的说法，却是道尽千言万语中的所未道者。

黄仁宇的《万历十五年》是一部奇书。奇就奇在他用某一年写整部明史,用一个皇帝、一个宰辅、一名战将、一名文人来写"大明帝国"的"定数",单从角度的新颖,体例的独特,以及论述的精赅而言,这本薄薄的书,对学人的启发却是丰博而深远的。

人们通过书籍获得知识的承传,这对一个人来说是非常重要的。江山代变,人事更迭,人们对于历史上曾经有过的事实和经验不可能亲历,于是需要以阅读的方式获得,这方面的知识是阅读各类著作典籍的首要目标,即通过阅读了解书中都"说什么"。但阅读更深层的意义,特别是对于专业人员而言,恐怕还在于了解"为何说"以及"如何说"。就是说,通过阅读前人或他人的著作获得提炼、归纳、表达观点和见解的能力和经验。

我们始终不会忘记科学精神,也不会忽视以严肃的态度对待史料和事实。但是,作为一种价值的体现,创造性的发现和表达,都是学问事业得以光大的根本。在这方面,人们会以宽容和厚宥的态度对待难免的粗疏和疵谬。

读书人是幸福的人

我常想读书人是世间幸福人,因为他除了拥有现实的世界之外,还拥有另一个更为浩瀚也更为丰富的世界。现实的世界是人人都有的,而后一个世界却为读书人所独有。由此我又想,那些失去或不能阅读的人是多么的不幸,他们的丧失是不可弥补的。世间有诸多的不平等,财富的不平等,权力的不平等,而阅读能力的拥有或丧失却体现为精神的不平等。

一个人的一生,只能经历自己拥有的那一份欣悦,那一份苦难,也许再加上他亲自闻知的那一些关于自身以外的经历和经验。然而,人们通过阅读,却能进入不同时空的诸多他人的世界。这样,具有阅读能力的人,无形中获得了超越有限生命的无限可能性。阅读不仅使他多识了草木虫鱼之名,而且可以上溯远古下及未来,饱览存在的与非存在的奇风异俗。

更为重要的是,读书加惠于人们的不仅是知识的增广,而且还在于精神的感化与陶冶。人们从读书学做人,从那些往哲先贤以及当代才俊的著述中学得他们的人格的。人们从《论语》中学得智慧的思考,从《史记》中学得严肃的历史精神,从《正气歌》学得人格的刚烈,从马克思学得入世的激情,从鲁迅学得批判精神,从列夫·托尔斯泰学得道德的执着。歌德的诗句刻写着睿智的人生,拜伦的诗句呼唤着奋斗的热情。一个读书人，一个有机会拥有超乎个人生命体验的幸运人。

一个人一旦与书本结缘，极大的可能是注定了与崇高追求和高尚情趣相联系的人。说"极大的可能"，指的是不排除读书人中也有卑鄙和奸诈，况且，并非凡书皆好，在流传的书籍中，并非全是劝善之作，也有无价值的甚而起负面效果的。但我们所指读书，总是以其优好品质得以流传一类，这类书对人的影响总是良性的。我之所以常感读书幸福，是从喜爱文学书的亲身感受而发。一旦与此种嗜好结缘，人多半因而向往于崇高一类，对暴力的厌恶和对弱者的同情，使人心灵纯净而富正义感，人往往变成情趣高雅而趋避凡俗。或博爱、或温情、或抗争，大概总引导人从幼年到成人，一步一步向着人间的美好境界前行。笛卡尔说："读一本好书，就是和许多高尚的人谈话"，这就是读书使人向善；雨果说："各种蠢事，在每天阅读好书的影响下，仿佛烤在火上一样渐渐熔化"，这就是读书使人避恶。

所以，我说，读书人是幸福的人。

读书与写作

○ 文洁若

读书

首先谈谈我最近看的两本书以及读后的感想。

一、读张钶的《育婴记：宝宝身边的银发宝藏》。

孟郊《游子吟》：慈母手中线，游子身上衣。

这是一本歌颂母爱的书。我的忘年交张钶的母亲，非但是慈母，还是一位慈爱的奶奶。

小孙子咩咩出生后不到一个月，善良的奶奶就从家乡赶来，照顾儿媳与孙儿。

老太太喜欢吃剩的。"喜欢"一词，用得不妥当。哪里会有真正喜欢吃剩食品的人？她是让儿子、儿媳妇、孙儿咩咩先吃，她总是最后一个吃饭。

其实,我本人何尝不是先吃剩饭剩菜,吃完剩的,再吃新做的。一九七九年二月,萧乾拿到了一张改正书。那时他的心脏与肾脏都损伤了,只能靠药和饮食来延缓这两个重要脏器的进一步恶化。我三姐常韦辛辛苦苦地为三个人做了饭菜,怎么忍心让她吃剩的呢?那时,剩饭剩菜常常被我吃掉了。

我六岁时入了孔德一年级。上学之前,大姐馥若教我背会了几十首古诗。其中有一首是唐朝的李绅所作《悯农》:"谁知盘中餐,粒粒皆辛苦。"

我当时就理解了这首诗的意思是"不要糟蹋粮食"。二十世纪八十年代,萧乾和我曾两次一道访美。我大姐于一九四七年赴美留学。几年后,与美国青年弗雷德结婚。他们生了三个女儿,大女儿(我的大外甥女)叫艾丽思。有一次,艾丽思对我说:"在美国,粮食最便宜了,所以糟蹋一些不算什么。"

我没搭茬,却思忖:"既然粮食最便宜,你丈夫的工资又格外高,你为什么不买上几十吨,运去救济灾民呢?"艾丽思非但获得了硕士学位,还获得了博士学位,而且上的都是名校。然而,艾丽思对人生的感悟,还不如一介文盲。《育婴记:宝宝身边的银发宝藏》一书的封面上写着:"奶奶不识字。"

张钶的母亲并不是由于贫困才吃剩菜剩饭的，而是因为她不肯暴殄天物。

这位奶奶还为小孙子做了一双鞋。从刊载在第一百七十二页的照片来看，这双鞋显得那么舒适，绝对比买来的鞋可心。我立即回忆起我的慈母万佩兰。北平沦陷期间，在一家人靠卖缝纫机、书籍来维持生计的岁月里，她为四个儿女(四姐檀新、我与两个弟弟——学朴、学概)做的鞋，多达几十双！

在和睦的家庭里长大的孩子，不走正路的极少。从这一点来看，书中的奶奶与我母亲有相似之处。所不同的是，我父亲有职业的二十三年（一九一四年至一九三七年），母亲听京戏，打麻将(经常输，很少赢)，也没少花钱。

想到我的母亲，就想到一件能够体现她勤俭持家精神的趣事。一九五六年的一天，萧乾拿到了两张《雷雨》的戏票。他正忙忙碌碌地写文章，抽不出时间去看，我就陪母亲去观赏几位名演员的精彩演出。当舞台上轰隆隆地响起打雷的声音时，坐在我旁边的母亲，对我耳语道："哎呀，我忘了盖酱缸的盖子！"

母亲每年都做两种酱。甜面酱是用面粉做的。黄酱是用大豆与小麦粉做的。我听罢,差点笑出声来,勉强按捺住自己,悄悄地对她说:"娘,咱们是在看戏呢。外面既没打雷,也没下雨。"母亲这才恍然大悟,继续看戏。后来,母亲说她想看看《雷雨》的剧本。萧乾不但收藏了曹禺的第一部多幕话剧本《雷雨》,还藏有多幕话剧本《日出》《原野》《蜕变》《北京人》以及将巴金的长篇小说《家》改编的同名话剧本。我把这些话剧本都送给了母亲,供她阅读。

我母亲万佩兰生于一八九五年十一月十七日,她是一九六六年八月二十七日去世的。

这本书唯一的不足之处是,除了有"咩咩"的这个小名外,家中的其他人一概没写名字。只用"奶奶""妻子""三姐""妈妈""父亲""爸爸"来代替名字。后来,张钊告诉我,连"咩咩"二字也是化名。张钊这样做的原因是认为书中所写并非完全"个人化的亲情",而是与许多读者大众的情感可以相通的。

我生怕咩咩这个独子会被宠坏了。咩咩今年八岁了。下次见到张钊,我一定奉劝他早点生第二胎。这样做,对孩子本人和其他家属有好处。

二〇一一年五月八日,母亲节这天,张钊与妻子带着咩咩在北京南站送别了咩咩的奶奶。此时,奶奶已经患病做了手术。

奶奶回家乡后，张钊写了此书。遗憾的是，奶奶因病于二〇一四年六月二十六日在家乡去世，享年七十八岁。但遗憾中也有欣慰，在奶奶去世前，《育婴记：宝宝身边的银发宝藏》得以出版。奶奶生前亲眼看到了自己的点滴付出变成文字。

下面，我抄录本书的最后几段，以飨读者。

虽然妈妈不能再陪伴咩咩成长了，但那段时光，妈妈永远不会忘记。

施予者不会忘记，受惠者更不应该忘记。

咩咩能否记住，我们不敢强求，但作为子女，我仍然有义务，为咩咩把这段时光记住，把这段时光中一些难忘的细节记住。等他长大了，十几岁、二十几岁，三十几岁了，希望他不要忘记，在他最幼小、最需要别人说明的时候，他年逾古稀的老奶奶对他的付出。从单个的家庭来看，这是个人化的亲情。但我相信，苍天有眼，这种亲情也可以放大成为人世间、天地间永恒的真理……

二、读肖凤《小久寻母记》。

本书的中心思想是"爱"。肖凤女士在封面上写道："心怀爱与希望，才不惧怕生活。"

在内封上写道："谨以此书献给孤独成长却始终心存爱与希望的孩子们。"

作者的乳名叫"小久"。她没见过生她的母亲，是奶奶把她带大的。未满十二岁的那一年，奶奶突然因病去世，从此她就没有家了。父亲和继母逼迫她离开家，自己去谋生路。

于是，小久把自己的破棉被和破脸盆带上，背起书包离开了"家"。

幸亏小久已经考上了北师大女附中（现名北京师范大学附属实验中学）。由全班同学举手表决，一致同意给她甲级人民助学金——每月八元五角人民币。八元是饭费，五角是日用品费。该校还为小久提供了宿舍。在本书第一百一十四页上，作者提到了教数学的王明夏老师。当年我在辅仁大学附属中学女校（现易名一五六中学）读初三和高中时，也由王明夏老师教了四年数学。肖凤女士生于一九三七年，比我小十岁。王明夏老师教了几十年数学，我三姐文常韦、四姐文檀新也由她教过。当我看到她的模范事迹时,她已作古。否则我会登门拜访她,跟她谈谈往事。

一九九一年四月二十六日,小久终于在香港启德机场跟妈妈见面啦。生她的妈妈去了台湾。改革开放后,这样的事可以公之于众了。过去倘若说出来,会引起轩然大波。小久多次问老一辈的家人,对方回答道:"不知道。"他们讳莫如深,是为了保护自己。

我曾见过肖凤的独生子,当时他是个小帅哥。这位独生子长大后结了婚,在美国定居,生了三个女儿。他和妻子把女儿们送回北京,念中国的小学。学扎实了汉语再到美国去念中学。这当然是肖凤、林非伉俪一道出的主意。林非比肖凤大六岁(生于一九三一年),成就比肖凤大。林非"……对推进新时期的鲁迅研究,做出了多方面的贡献。是新中国成立后首先全面、系统地研究中国现代散文的学者,在国内外受到广泛瞩目。其文学论著,行文晓畅优美,有较高可读性。文学评论、研究之外还从事散文写作,著有《访美归来》等"。(《新中国文学词典》)

最后,笔者从《小久寻母记》后记中引一段,以飨读者。

如果有人问我:"你最看重什么?""你到底要什

164

么？"

我会毫不犹豫地回答说："是爱。是人与人之间的互爱。——亲情，爱情，友谊，师生缘；还有，即使是陌生人，甚至是不同民族的人们，也应该存在的，一个人与另一个人之间的相互尊重和相互同情。"

写作

假若我能活到一百岁，我要写一部自传。由于已经写过我们一家人在"文革"期间的遭遇，我不想再写了。"文革"持续了十年，就我们一家人而言，是七年。因为一九七三年从五七干校调回人民文学出版社后，我又能重新做编辑工作了。改革开放后我国的变化，说得上是日新月异。

记得我读初三和高中时，中国的人口是四亿五千万，都说中国是"一盘散沙"。日本军国主义者对中国发动的长达十四年的侵略战争，唤醒了中国民众，在党的领导下，团结起来，打击侵略者，终于取得了胜利。美国投到广岛和长崎的两颗原子弹加速了战争的胜利，即使不投，中国也会胜利，只不过会牺牲更多的人。

我将在自己的自传中，通过我们一家人的遭遇折射出社会的变化。我们在一九七九年之后能出些成绩，的确应该感谢这个时代。"文革"固然造成了史无前例的损失与伤害，然而也只是中华民族自一八四〇年鸦片战争以来遭受的各种苦难中的一种而已。

尽管我已经九十一岁了，每天还孜孜不倦地读书和写作，乐此不疲。我期待着一百岁的时候，自传能够出版，与读者见面。

意惬关飞动

——我的读书与写作

○ 张宗子

一个人的十本书

我早年的读书都是意外因缘，没有大路可走，钻篱笆，翻墙头，不料一头跌进兔子洞，居然发现一片大好天地。人说无心插柳，我是种豆得瓜。收获浓荫的人纵然无心，柳毕竟是自己插的。我的田地里却是被人强种了黑豆，我从豆棵上摘到五颜六色的奇瓜异果，岂非天意。

"批林批孔"运动闹起来的时候，我上小学，因此知道了孔子和先秦诸子。"儒法斗争"一路忽悠，无意引介了至少几十位古代作家，很多是我至今仍然喜爱的，尽管柳宗元的《封建论》一个字也读不懂。拜全民评《水浒》之赐，我读到一百二十回的《水浒全传》。又因为读小说《红岩》，牵出蘅塘退士的《唐诗三百首》,读领袖诗词,顺藤摸瓜,发现了三李和小杜。高中政治课上,工农兵大学生出身的老师讲资本主义"血淋淋的"原始积累,使我第一次听说世上有一本叫作《鲁宾逊漂流记》的小说。

当然,最重要的,还是鲁迅。

其他的人和书,顶多管中一窥,连一斑一点都不曾看清楚。但是鲁迅,他的那么多著作摊开在眼前,懂的,不懂的,被曲解,被乱贴了各种标签的,囫囵吞枣全都吃进去。消化和吸收,成为一辈子的功课。

我读的第一本鲁迅的书,是《鲁迅杂文书信选》。中学课本上的各篇,出自此书的最多。入选的文字,往政治上靠。我从不懂到略知,对政治都无兴趣,但鲁迅的文字吸引了我。我到那时为止读过的所有报刊文章,所有的时贤小说,都没有这样的文字。尽管不久以后就读到鲁迅的其他作品,对他的小说和散文的喜爱超过此书,但这本书读的遍数最多,因为是家里的书,毋庸借阅,不须归还,随时拿起来就可以读上一篇半篇。

鲁迅教会我写文章,鲁迅也教会我怀疑和批判,养成不做奴才的起码人格。他书中的旁征博引,成为我后来读书的指南,正如孙犁先生参照鲁迅日记中的书账买书。在已过知命之年的此刻,我仍然把鲁迅当作唯一的老师。

几十年里,没有间断过读唐诗。一直想自己选一本唐诗,还想写一本以唐诗为主的诗话。后来想明白了,这都是形式。即使一本关于唐诗的书也没写出来,唐诗也早已流淌在我的血液里,藏在我写下的每一句话里。唐诗和鲁迅及庄子一样,都是一种精神和态度,一种生活方式。

最初是从郭沫若等人的领袖诗词详注里了解唐诗这个概念的,虽然当时的课本里有李白、李绅和白居易的几首小诗。但我不知道唐诗这个概念有多大,想不到世界上有纯粹唐诗的书。书店没有,图书馆没有,老师也从没提到过。看到他们如数家珍地提到李贺,提到谭用之,我还想,他们是从哪里知道这些的呢?直到某一天,我读《红岩》,小说里写道:刘思扬走到图书馆门口,看见老袁正倚着门念一本唐诗,津津有味地,发出咏诵的声音:月落乌啼霜满天,江枫渔火对愁眠。刘思扬后来还几次去图书馆,每次老袁都在读唐诗,每次读的诗都不同。有一次他读的是:花间一壶酒,独酌无相亲。想想看,二十世纪七十年代初,这样的文字!我和父亲说起,他说,老袁读的就是《唐诗三百首》吧。然后从床下旧箱子里翻出一本颜色发黄的书,繁体竖排,这就是喻守真的《唐诗三百首详析》。

此后,从初中到高中,古诗词的书能见到的,不过"文革"前的几本小册子和两种破旧不堪的清末民初的线装《千家诗》。一九七八年,古籍解禁,父亲在新华书店为我买到三本书:《古诗源》《聊斋志异选注》、复旦大学的《李白诗选》。父亲说,书店进了两套,说是要给文化馆和什么机关的,被他好说歹说"夺"走一套。这是我上大学前仅有的三本古典文学书。《古诗源》不怎么懂,另外两本书,则被我读得滚瓜烂熟,李白诗差不多全部背下来了。对李白的热爱支配了我的青年时代,在我胆小性格的深层,注入一点狂傲。这种情形颇似杜甫。如果没有早年的狂傲做底子,杜甫中晚年的沉郁很可能流于哀弱,变成呻吟。对《聊斋》的入迷则把我引进两个世界:对汉魏以来特别是唐人小说的兴趣和对幻想文学的终生爱好。

由于前者,很自然的,《太平广记》就像唐诗一样,成为一直在读,永远也读不厌的一部书。大学时期,唐人小说,除了鲁迅和汪辟疆先生的两种选本,我还买到大概是齐鲁书社出版的三卷本《太平广记选》,读到那些一般选本不选的作品,包括纯为炫奇的游戏性作品,如《玄怪录》中橘中老人的故事。多年后在博尔赫斯身上看到了似乎遗风不再的牛僧孺和李复言式的唐人气质,备感亲切。

青少年时代的另一本书是《西游记》。关于《西游记》，我已经在不少地方提到过。它进入我的视野，也是因为老先生和郭沫若就三打白骨精故事的诗歌唱和。《西游记》虽然仍在禁书之列，《三打白骨精》作为戏，却到处上演，还有根据戏剧编绘的小人书。我用打格子放大的方法，复制了连环画中孙猴子站在山峰上，肩扛金箍棒，笑指山下快要被烧死的白骨精的一页，还用蜡笔添加了颜色，贴在卧室墙上。画中的白骨精作女将装扮，盔甲锦袍，头戴长长的雉尾，和后来京剧里的穆桂英差不多。

《西游记》的好，不仅在神奇的想象，在程式化却异常洁净的风景描写，更在贯穿始终的机智和幽默，在其举重若轻的理想主义，因而在愉快和随和中，仍然有着超越现实之平庸和琐屑的崇高。对于一个生长于精神和物质双重匮乏之时代的人，它提供的，远远不止消遣和安慰。

十八岁以后，时代巨变，读书不再有阴错阳差的喜剧，而是有意识的选择，就像走在人海中，每时每刻都有无穷多的邂逅，而我们认出那些和我们心有灵犀的人，觉得亲近，引为同道，从此终生不渝，携手同行。大学里系统学习古今中外文学，数以百计的作家进入视野，喜欢的书可以列出几十页上百页的单子。各种文学史和基础课中，对我影响最大的一门课是古代汉语，两学期，八个学分。是古代汉语而不是古代文学史，把先秦诸子和汉魏六朝小赋的大门打开了，更别提唐诗宋词。我读李白，读阮籍和陶渊明，读苏东坡和辛弃疾。这些我喜爱的作家身上，有一个共同的东西，如果只用一个词来形容，那就是"潇洒"。潇洒出自何处？我那时并不明白，只有感觉：它们都指向庄子。

大学里读过的《庄子》不过数篇，读完九万字的全书是很晚的事。但我很小就从"鲲鹏展翅九万里"的词句里知道庄子了。早年阅读，庄子不过是李白的化身。后来，他和《红楼梦》里的绝望建立了联系。庄子潇洒的空虚被曹雪芹用作悲剧的主旋律。再后来，从《红楼梦》里走出，看到了苏轼的旷达。苏轼比李白更现实，也就是说，更脚踏实地，毕竟他不像李白那样太把神仙当回事，因此他不张扬，和而不同，平易而更容易。但庄子还有形而上的一面，这是还可以再认真想一想的一面，可以留作未来的日子。

大学之前，除了苏联文学，不知道其他西方作家，《鲁宾逊漂流记》仅限于一个书名，我甚至不知道作者的名字叫笛福。大学读欧洲诗歌，喜欢过那么多诗人，普希金、莱蒙托夫、海涅、布莱克、弗罗斯特、史蒂文斯、杰弗斯，但持久的影响，没有一个超过歌德。歌德的书，是郭沫若翻译的《浮士德》。《浮士德》是对读过的所有西方长诗的总结。拜伦、雪莱、普希金乃至密茨凯维奇的长诗，都没有再读，《浮士德》却是不断重读的，读了不同的译本。郭译受到的批评极多，但他在译文中表现的才气，以及由此产生的狂放不羁的洒脱，营造了我心目中的歌德形象，使得"向上的追求"这一宗教味道的世俗主题变得优美而浪漫。此后的各种译本，或许由于先见的偏执，尽管各有其好，都觉得不能替代郭译。

　　欧美小说作家，如今喜欢的，不外乎普鲁斯特、博尔赫斯、乔伊斯、卡夫卡、马尔克斯，以及更古老的爱伦坡，可我在二十出头的年纪读到《月亮和六便士》，我得永远感激毛姆对我的启蒙：关于艺术，关于艺术和天才，关于艺术和现实，关于可能和不可能，一句话，关于"不食人间烟火"。人在年轻的时候，满怀理想，好高骛远，崇尚天才和英雄，向往盛事伟业，觉得奋斗的艰辛无非一杯烈酒，以为所谓牺牲不过是摔倒了跌破头再爬起来。大人物志向高远，不为俗世理解，故被视为怪异，因此，不怪异，不另类，反而不是天才的作为。天才就是要不近人情，不受道德约束，为所欲为。但因为他成就雄大，这些瑕疵都不成为瑕疵，反而具有特殊的魅力。这其实大错特错。即使是绝世天才，也没必要装腔作势，更没有损人利己的权力。我宁愿所有的人都亲切随和，所有的人都善良，温情脉脉而又气度恢宏。毛姆提醒我们任何事情中的"度"，告诉我们什么是正常，什么是不正常，什么是必要的牺牲，什么是不必要的牺牲。一句话，不论我们的理想有多大，我们想成为什么，首先我们要做一个有道德的人。

最后说几句杜甫。杜甫、韩愈、李商隐、苏轼和王安石是我近年常读的几位中国诗人，只能列举一位的话，我选杜甫。杜甫绝高的诗艺不再是我关注的目标，读他的诗，是在体会一个人的生活。世上有什么呢？对于人来说，一切都是生活。诗也是。我喜爱老杜并被他打动，正缘于他灌注在生活细节中的情感，总的基调是亲切和怜悯。他关心国家命运、民众疾苦，无时不挂念在近旁和远方的朋友。他爱古人，爱雄奇的山川和幽沉的先代遗迹，也爱弱小细微的草木虫鸟。他生活中的快乐不仅来自人类，也来自宇宙间所有平等的生命。他的超越建立在深入生活的基础上，让人难以觉察。作为生活着的人，他从不超越。他的超越是在留给后人的无限思索上。杜甫的皇皇楼阁是植根于大地上，一层层耸立起来的，而非来自云端的倒垂。他不虚无缥缈,他坚实,因此值得信赖。

我对散文写作的经验与体会

刘师培在《汉魏六朝专家文研究》中,谈到作文四忌:忌奇僻,忌驳杂,忌浮泛,忌繁冗。忌奇僻,是说文章要平正通达,虽然千锤百炼,而无艰涩费解之弊;忌驳杂,是说文体、用典、字句各方面,务必单纯,前后统一;忌浮泛,是说不可"文溢于意",亦即孔子指出过的"文胜质则史"的意思;忌繁冗,是要"敛繁就简""意繁词炼"。他又强调文章的谋篇、转折和贯穿的重要性。关于谋篇,说得最精辟:谋篇就是先定格局,格局既定,才能确定如何取材:"是知文章取材,实因谋篇而异;非因材料殊异,而后文章不同也。""作文之法,因意谋篇者其势顺,由篇生意者其势逆。名家作文,往往尽屏常言,自居杼柚,即由谋篇在先,故能驭词得体耳。"

历代讨论写作的文章,简牍盈积,浩如烟海,我个人对《文赋》《文心雕龙》《诗品·序》,直到《玉台新咏·序》等篇,爱不释手,觉得为文的基本方面,高屋建瓴,都被说透说尽了。刘师培先生之言,也不脱其范围。然而原则性纲领性

175

的东西，寥寥数语，易被等闲看过，即使视为精要，加意揣摩，也难以像"一生二，二生三，三生万物"那样，从中生发出针对具体问题的切实可用的办法来。亲切实用的经验，要到喜欢的作家的文集里去找。但前提是，你得广闻博识。否则，读到《婆罗馆清言》《小窗幽记》乃至金圣叹之类人物的所谓文章做法，你就一跤跌到私塾老儒和清客的窠臼里去了。

杜甫强调转益多师，陆游强调功夫在诗外，都在说读书的视野要宽。苏东坡读书的八面受敌法，是说多层次地理解作品。他们共同的意思，是强调大格局，强调兼容并蓄。这里的格局，比刘师培所说的格局含义更广大，不仅指文章的布局，还包括作者的胸襟和气度。

苏轼的诗词文都写得好，也爱谈创作。在他大量论文的语录中，有四段是我印象深刻的。我自己对写作的感悟，可以用他这四段话串联起来。

第一段出自《文说》，原文很短，也是题跋之类："吾文如万斛泉源，不择地皆可出，在平地滔滔汩汩，虽一日千里无难。及其与山石曲折，随物赋形，而不可知也。所可知者，常行于所当行，常止于不可不止，如是而已矣。"

这里面有几层意思，如万斛泉源，是说所感甚多，所思

176

甚深，要表达的内容很丰富。丰富来自三个方面：其一是生活经历，其二是阅读，包括艺术欣赏，最后还有思考。不择地皆可出，是说随时随地可以表达出来，就像我们今天常常说的，随时随地都有灵感，"登山则情满于山，观海则意溢于海"。何以能够如此？是因为有那种修养、那种气质、那种敏锐。然后是最重要的一点，行文如流水，随意所至，没有定法。初学为文，有规律，有章法，容易教，也容易学。如果有一个格式，就更好办。比如古诗中的起承转合，八股文中的破题、承题和收结。美国的学校善于把我们看起来很神秘的东西，分拆成一二三四的步骤，把人文学科科学化，往定性定量分析上靠。我看过纽约小学三年级的书籍读后感的写作指导，三四百字的短文，老师告诉孩子，第一段是导语，一两句话，说说对这本书的基本看法，喜欢还是不喜欢，等等。接下来，说说为什么喜欢或不喜欢，至少写两条理由。每说一条理由，至少举一个例子。最后是总结。这样的定式，每个孩子都可以照葫芦画瓢。事实上，一般的书评和文学评论，精义也不过如此，不过挖掘得更深，写法更变化多端罢了。

过去写文章，读唐宋八大家，尤其是读韩愈，就是因为他们的文章有章法可寻。唐宋八大家，并不一定就是唐宋文章写得最好的八家。这是明人评选出来的,是从八股文的角度,从实用的角度评选出来的。我注意过韩愈写人的文章,数量很多,所写的对象,既有熟悉的朋友、敬佩的人物、当代的名流,也有完全不相干的人,比如那些墓志铭,大半是应酬之作。但他根据具体情况,总能找到一个独特的角度,把文章写得有声有色。他有章法,但富于变化。你把这些变化学到了,有取有舍,举一反三。运用之妙,存乎一心,自然可以推至无穷。写作者都有学习模仿的阶段,通过模仿掌握技巧,然后你到达的境界,就是从心所欲而不逾矩。苏东坡说一日千里不难,行止皆出自然,就是在掌握了法度之后,不为法度所拘束,而又处处符合法度,处处恰到好处的意思。

这个心得,苏轼是感受特别深的,不止一次谈到。在《答谢民师书》中,他再次指出,好文章"大略如行云流水,常行于所当行,常止于不可不止"。但加上了八个字:"文理自然,姿态横生。"仅仅自然是不行的,还得有姿态。流水的姿态,就是前面所说的,"与山石曲折,随物赋形"。水遇到平地,是缓缓而流,遇到阻隔,则婉转环绕,遇到陡峭之处,疾泻而下,遇到沙土腐叶,则浸润其中。可见文贵自然,而自然中包含着丰富的变化。

规范、法度、格律,容易引起误解,以为有所遵守就是受到限制。限制确实是事情的一方面,另一方面,法度给写作者一种自觉、一种引导,甚至是一种启示。任何艺术都有形式,法度便是这形式的核心,是艺术的规定性。法度的形成,归功于前人的写作经验。一个人不可能完全放弃前人的经验,摆脱历史传统。苏轼以流水为譬喻,流水自然,但也有其规定性:"其流也则卑下"。就是易传里说的,"水流湿,火就燥"。它不会反着来。

苏轼的第二段话,出自写给侄子二郎的信:"二郎侄:文字亦若无难处,只有一事与汝说。凡文字,少小时须令气象峥嵘,彩色绚烂。渐老渐熟,乃造平淡。其实不是平淡,绚烂之极也。汝只见爷伯而今平淡,一向只是此样,何不取旧时应举时文字看,高下抑扬,如龙蛇捉不住,当且学此。"

中国的传统美学,向有平淡为上的说法。我们赞扬一个作家,说他晚年的写作,炉火纯青。这炉火纯青,常被简单理解为洗尽铅华,归于平淡。平淡,正如钱钟书先生在评说宋初诗人梅尧臣时所指出的,有不同的意思。一种是余味无穷的平淡,一种是淡得像白开水的平淡。苏轼在这里指出,要达到平淡的境,先得经过"气象峥嵘,彩色绚烂"的阶段。这和前面说法度的道理是一样的。不明法度，不把法度吃透玩熟了，如何超越法度？平淡是渐老渐熟的结果，是绚烂到了极致的结果。譬如女人的装扮，最会打扮的女人，她全身的搭配，看似漫不经心，看似平常，其实是精心安排的，是多年的修养熏陶出来的，优雅却不着痕迹。这个安排，虽然精心，并不费力，在他人是高山仰止，在作者却是信手点缀。

　　绚烂，也可以说是华丽，华丽和平淡，是一个辩证的问题，都有个度。这里不妨给苏轼的话做点补充。或者说，是辩证地理解他的话。为了达意，该华丽的时候必须华丽，该平淡的时候必须平淡。一个成熟的作家，可以华丽，可以平淡，可以二者兼备，哪怕备而不用。其他方面也如此，比如简繁问题。何谓简，何谓繁？写一件事，一个物，一百字就是简，一万字就是繁？未必。看你怎么写，看你的内容。内容空洞，一百个字也是啰唆。意思精深，一万字也不嫌多。鲁迅《秋夜》开头著名的那段话："在我的后园，可以看见墙外有两株树，一株是枣树，还有一株也是枣树。"如果只是客观描写，可以减缩为"我家后园的墙外有两株枣树"。某些自以为高明的修辞家就是这么批评鲁迅的，说他啰唆。可是我们稍稍用心一读就知道，这两段话所表达的意思是大不一样的。鲁迅的原文透露出一种孤单寂寞的情绪，一种孤高清寒的态度。一株是枣树，还有一株也是枣树，这种重复暗示出时间的长和景色的没有变化，因此写出他凝视和思虑之久、之深。简繁还是处理题材的方式。写文章，你得有一些起码的本事。比如说，一个大的题目，你能短短一千字写它。反之，一个小的题目，让你洋洋万言，你也言之有物。我当然不是说，你非要像普鲁斯特一样，一杯咖啡也要写上三四页。但你得有这个本事，在不同的情境下，用不同的方式处理，做到游刃有余。

苏轼的话是根据具体情境而言的，他还有没讲出来的部分。他自己晚年的文章，他的好文章，未必都一味平淡。大作家的特点，是内容和风格的多样性。

从青年时代到中老年，一个人的进步，造诣的不断提高，表现在各个方面，语言风格只是其中之一端。分开来，我们当然可以仔细分析一个作家的语言变化，但实际上，语言的变化是和其他方面，比如思想观念、世事阅历、生活态度、思维方式等等的变化分不开的。尤其需要强调的是，思想的深度决定了语言的性质。语言的变化从本质上讲，是思想变化的自然结果，而语词的变化只是这变化的最表观的部分。

刘师培谈作文,提到形似与神似的关系,他说:"欲求神似,先求形似。形体不全,神将奚附?形似既具,精神自生。"道理和苏轼总结的绚烂与平淡的关系是一致的。我屡次看毕加索画展和雕塑展,印象最深的就是这一点。古代笑话里说,一富翁欲起楼,他喜欢二楼三楼,可以凭高望远,不喜欢一楼,认为没用,要求直接从二楼造起。不知二楼三楼,都是靠一楼撑着的。绚烂和形似,就是那个很多人看不起的一楼。

这里有宋人笔记的两段话,都是谈论王安石的,谈的是王安石诗歌的前后期转变。

曾慥《高斋诗话》:"荆公《题金陵此君亭诗》云:'谁怜直节生来瘦,自许高才老更刚。'宾客每对公称颂此句,公辄颦蹙不乐。晚年与平甫坐亭上,视诗牌曰:'少时作此题榜,一传不可追改。大抵少年题诗,可以为戒。'平甫曰:'此扬子云所以悔其少作也。'"

这里提到的王安石诗,标题是《与舍弟华藏院忞君亭咏竹》:"一迳森然四座凉,残阴余韵去何长。人怜直节生来瘦,自许高才老更刚。曾与蒿藜同雨露,终随松柏到冰霜。烦君惜取根株在,欲乞伶伦学凤凰。"咏物言志,这首诗不管在当时,还是在今天看来,都是一首很好的诗。诗

182

话提到的两句,在我看来,还不是诗中最好的句子,不如颈联的"曾与蒿藜同雨露,终随松柏到冰霜"。这一联写到品格和历练,看似委婉而实则自负。这么好的诗,王安石为什么后来觉得遗憾呢?是因为过于直白。直白,就浅了。有些话,虽然很好,是不能直说的。直说,从艺术上来说,有失法度,而读者看了,会觉得不好接受。类似的例子还有。王安石有一首唱和他弟弟和甫咏雪的诗,其中有句:"势合便疑包地尽,功成终欲放春回。"瑞雪自天而降,好像把大地全部覆盖了,可是,滋润万物的功劳达成,它自己又消失无踪,让春光照临世界。这意思多好!这在诗中,也是颈联,而此前的颔联是:"平治险秽非无德,润泽焦枯是有才。"径直说出,情形和咏竹诗一样。这首《次韵和甫咏雪》,也是犯了同样的毛病。

叶梦得是宋人论诗的大行家,他在《石林诗话》中总结王安石的诗歌创作说:"荆公少以意气自许,故诗语为其所向,不复更为涵蓄。如'天下苍生待霖雨,不知龙向此中蟠。'又'浓绿万枝红一点,动人春色不须多。'又'平治险秽非无力,润泽焦枯是有才'之类。皆直道其胸中事。后为群牧判官,从宋次道尽假唐人诗集,博观而约取,晚年始尽深婉不迫之趣。"又说,"王荆公晚年诗律尤精严,造语用字,间不容发,然意与言会,言随意遣,浑然天成,殆不见有牵率排比处。"

王安石年轻时的诗不是不好,而是过于"以意气自许",不能含蓄,到晚年,从藏书家宋次道那里借来大量唐人诗集,"博观约取",终于达到从容不迫的境界。"博观约取"四个字,正是读书和学习的基本方法:广泛阅读,取其精华,为己所用,化为己有。

同样是抒情言志,我们来看一首王安石的晚期之作,《雨花台》写于罢相之后,其中有一联:"南上欲穷牛渚怪,北寻难忘草堂灵。"晋代温峤牛渚燃犀的故事,人所共知:温峤"至牛渚矶,闻水底有音乐之声,水深不可测。传言下多怪物,乃燃犀角而照之。须臾,见水族覆火,奇形异状,或乘马车著赤衣帻"。草堂之灵,用孔稚圭《北山移文》的典故,说的是退隐。那么,燃犀照怪的意思,也就非常明确了,看得出他身上豪情壮志的依然存在。把意思说得委婉,这里固然依靠用典,但用典只是方法之一。比如下句说退隐,他不直说退隐,而说"难忘",而上句说进取,他也不直说必将如何,而说"欲穷",很想照一照,看清楚。都是意思到了,又予人联想的余地。

王安石还有《贾生》一诗:"汉有洛阳子,少年明是非。

所论多感概,自信肯依违。死者若可作,今人谁与归。应须
蹈东海,不但涕沾衣。"高步瀛评曰:"寄托遥深。此荆公自
喻也。"旧说说,诗后四句的意思是"言仲连蹈东海,不若
谊仕汉切于救时"。高步瀛不以为然,他认为王安石的意
思更深:"此言贾生若作,恐非今人所能容。将安所归?应须
蹈东海而死耳,不仅若当时之痛苦流涕也。"

由苏轼的信我们可以想到,作家晚年的简单、平淡、质
朴,有不同的情形。一种是风格的自然演变所致,以没有
技巧的、浅显直白的文字,写出有趣味、有深度的内容。这
里的自然演变,也包含着作者有意地追求。当代一个典型
的例子是汪曾祺先生。还有一种情形,是江郎才尽,没有
想象力了,没有驾驭语言的能力了,然而还要写,写出来,
自然味同嚼蜡。

还有些作家,自始至终,风格变化很小,如李白和陶渊
明。李白因为早期作品留存尚多,我们可以看出他早年的
稚嫩和清新,"犬吠水声中,桃花带露浓",和后来的诗有一
些区别。陶渊明,基本上"散淡"了一辈子,不过苏轼说得
好,陶诗是"似淡而腴",好比上等高汤,看着清水一般,味
道却厚,有层次。汪曾祺到晚年才平淡,陶渊明是一直都
平淡,鲁迅到《且介亭杂文》和《且介亭杂文续编》还是魏晋

风骨,还是不平淡。三种情形,都是一流境界。朱熹谈到这个问题时说,"人之文章,也只是三十岁以前气格都定,但有精与未精耳。然而掉了底便荒疏,只管用功底又较精。向见韩无咎说,它晚年做底文字,与他二十岁以前做底文字不甚相远,此是它自验得如此。人到五十岁,不是理会文章时节。前面事多,日子少了。若后生时,每日便偷一两时闲做这般工夫。若晚年,如何有工夫及此?"他很赞同程颐的话:"人不学,便老而衰。"但读书贵在运用,所谓"得入还能得出",如果不能出,读亦无用。那么,勉力为文的结果,就正应了他的比喻:"人晚年做文章,如秃笔写字,全无锋锐可观。"

这就是事情的不同方面。

苏轼晚年,被流放到海南。江阴有一个叫葛延之的人,不远万里,来岛上看望他。苏轼留他住了一个月。这期间,葛延之请教作文之法,苏轼对他说,儋州这地方虽然小,也有几百户人家,生活中的所需,不可能样样都自己生产,怎么办?去市上买。但街市上的东西,你不能随便拿走,得以物交换。物品种类成百上千,交换很不方便,于是就有一个大家共同认可的东西作为中介,这个中介就是钱。有钱,就可以得到需要的一切。作文也是这样,"天下之事散在经、子、史中，不可徒使，必得一物以摄之，然后为己用。所谓一物者，意是也。不得钱不可以取物，不得意不可以用事，此作文之要也"。这是他的第三段话。

这里说到阅读与写作的关系。散文重在思想，重在趣味。写散文，要么阅历丰富，要么杂学博览。每个人的阅历不同，好的阅历只能赶上，不能强求。那么，杂学博览就非常重要了。博，并不是说要在文章中炫耀学问，博是培养你的胸襟、你的见识，培养你的通达和机智，这些，表现在文章里，就是令人愉快的趣味。趣味比学问重要。

苏轼说世上一切知识，用之于文，要有一条线来贯彻，这就是意。在他之前，南朝的范晔曾经说过："常谓情志所托，故当以意为主，以文传意。以意为主，则其旨必见；以文传意，则其词不流。"其后杜牧也说："凡为文以意为主，以气为辅，以辞彩章句为之兵卫。"这里的意，不妨理解为志，即诗言志的志。诗者，志之所之也。文学，就是人的情感和思想所能抵达的地方。王夫之论诗时说得更直白，"意犹帅也，无帅之兵，谓之乌合。"为什么是乌合？因为散了。以意作为文章的逻辑线，一气贯通，无论形散还是不散，文章都有内在的严密结构。我以前用过一个中药铺的比喻，和苏轼的意思差不多。读过的书，就像药铺的一味味草药，当归、甘草、川贝、附子、半夏、黄连，分置在各个抽屉里，如果能按照君臣佐使配成一服药，那才有用。否则，虽然堆得满室满堂，不过一堆草根树皮而已。

苏轼的最后一段话是何薳《春渚纪闻》中记载的。何薳说，苏轼曾经对他父亲和刘景文说过："某平生无快意事，惟作文章，意之所到，则笔力曲折无不尽意，自谓世间乐事，无逾此者。"这段话不是讲作文之法，是讲写作的快乐的。我常常想到这段话，觉得正是想说而未曾说出的。卢梭说，人生而自由，但却无往而不在枷锁之中。袁宏道引用宋人的话说，人生如衣败絮行荆棘中，步步牵挂。毛姆的自传小说，就叫《人性的枷锁》。在现实中，人的力量有限。大部分事情，尽管意向高远，却是做不到的。做不到不是因为自身不具备能力，而是缺乏客观条件。一个人，即使做了皇帝，还是难免有力不从心的时候，尤其是希望做好事的时候。这就使人产生一种无力感，面对现实，不得不做出妥协，做出牺牲。人的一生，快乐总是与遗憾相伴。但在文字里，人是自由的，天马行空，思至笔至，随心所欲，无拘无束。写什么，怎么写，都由你自己决定。这就是写作的快乐所在，也是写作的最大动力。

对写作，我有几个简单原则。第一，修辞立其诚，就是不说假话。假话比较多的倒不是违心之言,而是掩饰和修饰自己的话,总想把自己说得好些,更有深度些。动机也许不坏,其实大可不必。你是什么样的人,读者一看便知。所以,如果有不方便写出来的事,或者不愿意写的事,宁可不写,没必要编假话。至于有意颠倒黑白,欺世盗名,那就等而下之,不值一提了。第二,尽量道他人所未道。一篇文章,不管是什么题目,如果你觉得比起前人已有的作品,并不能多出什么,并不能更好,没有哪怕一星半点的独特之处,那就不要写。第三,留余力。《四库提要》谈《花间集》时说:"文之体格有高卑,人之学力有强弱。学力不足副其体格,则举之不足。学力足以副其体格,则举之有余。""能举七十斤者举百斤则蹶,举五十斤则运掉自如。"一个人有九十斤力气,不能耍超过九十斤的大刀。恰好九十斤,能耍,但不能轻松自如。耍四十斤、五十斤的刀,就能得心应手。写文章是同样的道理。才力和学识十分,用到六七分足矣。三分的才力用到十二分,文章如何立得起来?

鲁迅先生在《作文秘诀》中总结对于文章的要求,十二个字,非常精辟:有真意,去粉饰,少做作,勿卖弄。对于写作的态度,我也有两句话:读书时,人人可师;下笔时,目中无人。苏轼给人的启示,大略在此。

唯有读书写书不可辜负

○ 韦力

按照正常规律来说,每个人都是先读书后写作,我当然也不例外,而我对于书的痴迷则是一种天性。二十世纪七十年代中后期,我到新华书店只能看到寥寥几种的政治读物,到"批林批孔"兴起之时,开始有相应题材的连环画出现,印象中这样的连环画一本大约在几分钱到一毛钱之间,对于那时的孩子来说,能有几毛钱攒在手里,比今天富翁的豪迈也差不到哪里去。但是要想多买些小人书,不断地跟家中要钱,显然不现实。于是我就开始动脑筋,好在当时我所住的山区有着漫山遍野的植物,而我在那个时段偶然翻阅过赤脚医生常用的中药手册,总算记住几种草药的特征,于是率领小伙伴上山采药,而后到药店去卖钱,得到钱后立即跑到新华书店去买心仪的小人书。小伙伴们的兴高采烈难以形容,而后我们趴在大草垛上一一传阅,最后还要把书藏在附近的树洞里,省得带回去被家长没收。

然而这个特殊时段也会有特殊的阅读之物,因为需要评《水浒传》批宋江,但"文革"中这类书早已绝迹,于是有关部门专门印制了一批供批判用的《水浒传》,发给相关人员,以此来让他们了解宋江为什么是投降派。为此我家中也有了这样一部供批判之书,而我也正是通过这本书第一次读到宋代的这段历史。虽然那个时候有很多字都不认识,一些语句读来也是懵懵懂懂,但它却让我接触到了古代的面貌,从而激发了我想了解更多的古书。

大概是在"文革"结束之初,小书店开始售卖《红楼梦》,我当然不知道这是怎样的一部书,可是我看到新华书店门口排队之人一眼望不到头,这让我十分好奇,《红楼梦》究竟是怎样的一部书,竟然有如此强大的魅力,据说有人为了买这样一部书排队竟达一天一夜。而我则是在朋友家中第一次看到了一套三册的《红楼梦》,印象中是墨绿色封皮,里面印的竟然是不认识的字,后来才弄明白,原来这叫繁体字。

虽然看不懂,我还是想通过此书来探究人们为什么会排这样的大长队,在朋友的哥哥弟弟都看完此书后,我将此书借到了手。在放学的当天，我就趴在河边的草地上，囫囵吞枣地看着这部大书，直到太阳西沉才返回家。

但这次看书的结果令我大感失望，因为我实在读不出该书有着怎样的美妙，这件事使我开始怀疑，人们的感受恐怕有着很大的不同，直到长大成人，我根据刻本《古代文学中的要求》才重新读此书，这次的再读使我终于明白：人在不同阶段就要读他那个阶段的应读之物，如果没有相应的阅历，不可能读懂作者隐藏在文字背后的思想。

"文革"之后，尤其是改革开放之后，书籍的产生有如宇宙产生那一刻的基点，在短短的几年内，新华书店里的书买不胜买，由于"文革"的割裂，我并不知道天下有读不完的书，于是我慎重地发誓：书店里的书要出一本买一本，定要买尽天下之书。我的这个志向坚持了十余年，终于被书海淹没了，毕竟自己的财力、学养方方面面都不能够与天下所有的书相匹配。然而这件事，却种下了我藏书之好。这就如放翁所言："人生百病有已时，独有书癖不可医。"一个人一旦沾染上藏书之癖，几乎终生不能免疫。如此算来，我的买书、藏书历史已经超过了四十年。

书读多了，也就有了倾吐的欲望，学会了辨别，也就会对某种观点进行发声。几十年前，想发表一篇文章很不容易,更遑论出版一部专著。我的舅舅就有写书之好,他虽然扛过枪,跨过江,但他身上还有很浓的写作情结。我印象中他写过几部长篇小说,每当我到他家时,他都会拿出一摞厚厚的稿纸,向我眉飞色舞地讲述书中的故事。他的讲述让我望而生畏,尤其那一摞印着方格的稿纸,我清晰地记得每张稿纸有三百六十个方格,这上千页的稿纸要多长时间才能完成。

遗憾的是,他所写的这些长篇小说最终一部也未能发表。这件事过了几十年,每当我与他见面时,都想问问他那些稿本现在在哪里,但我觉得不应当去触碰老人心中的隐痛,故至今也未开口。

当年的记忆十分深刻,虽然出书不容易,但我对写作一直有着崇高的向往。而我在上学之余,也会写一些豆腐块文章投往不同的报社。印象中在一九八一年,有一家报纸刊载了我的第一篇文章,为此我得到了五块钱的稿费,当时拿着这张汇款单,兴奋地向所有小伙伴们炫耀,那种感觉,绝不输于中了大奖。这篇文章究竟写了怎样的内容,我已回忆不起来,只记得自己是在读到某人的文章时,发现了其中的叙述并不正确,而我却在另一本书内找到了正确答案,这件事给我鼓励的同时,也让我意识到广博才是真正的读书之道,不能为兴趣读书,要为知识读书才是王道。而要想获得更多的知识,唯一的办法就是买更多的书,而后一一读之。

接下来的几年,我不断地有小文章变成铅字,那些稿费又变成了我新的藏品。随着时间的递延,我又喜欢上了小说,但苦于没有名师指导,而后通过朋友找到了一位著名作家,在他的指点下,我终于了解到写小说大概是怎么回事,其实就我当时的感受,拜师并非是学技巧,更多的是想从老师那里得到一种肯定,而这份肯定比什么技巧都要珍贵。

我记得,当时老师给了我一大摞《中篇小说选刊》,让我用一个假期将这些杂志读完,而后向他汇报,其中哪三篇最好。那个时段我很听话,竟然在三十天内没日没夜地把一尺高的杂志读完了,而后向老师汇报,我记得自己选出的最佳三篇中有《老井》和《红高粱》,第三篇是什么记不得了,为此受到了老师的夸赞,这大大增强了我写作的信心。若干年后,张艺谋将《红高粱》拍成了电影,从此他和巩俐大红大紫,而我却有着莫名的得意感,似乎自己成了他们的赏识人。

可惜的是,我的这份"才能"因为工作变动戛然而止,大约有十年的时间，我全身心地去搞商业拓展，虽然工作有成有败，但这过程中我却并没有停止读书，因为不写只读，反而让自己可以冷静地审视，而这样的审视使得自己对某些名家作品产生了一定的疑问。

几十年来，我的藏书爱好未曾断绝，因为文本的搜集，使得我要研读大量的历史史料，以此来练就一番识书的慧眼，而正是因为这个过程，使我的偏好由文学渐渐转入了史料学，这个转变使我对虚构作品兴趣渐淡，强调言必有据的实证，之后又渐渐写起了书跋，而这样的写作更多是对自己藏书的梳理。

在梳理藏书的过程中，我渐渐发现有一些版本前人并未点到痛处与痒处，而恰恰因为是自己的所得，所以有时间细细把玩，于是看到了一些前人所未关注之点，而后形成了一篇篇的书跋。从六七年前，我将所写书跋交由国图出版社予以出版，大概以每年一集的速度出到了第五集，这五集所写均是我所藏的稿钞校本系列，其他系列尚未涉及。在目录版本学界，最想了解到哪位前人曾有哪些未刊之稿，而我的书跋介绍正是起到了这样的作用。在书跋的写作过程中，我秉持一种观念，那就是每一篇跋语必须要揭示出他人所未注意到的细节或学术点，我认为这样的书跋才有学术价值可言。

因为一件偶然的事情,使我对古代藏书楼感了兴趣。十几年前,我用了五年的时间,断断续续地在全国范围内访到了一百四十余座藏书楼,而后在徐雁先生的帮助下,将这些书楼之文结集,由河北教育出版社正式出版。以寻访的方式来写古代藏书楼,此为首部专著,为此大受业界欢迎。该书连印三次,后因为人事变动而停止再版。然而这些年我又延续了这样的寻访,并将相关文字结集为《书楼觅踪》,由中信出版社印行,而今寻访仍然在进行中,我期待着在未来的岁月中能够找到更多的书楼。套句曾经的流行语:"将书楼寻访进行到底"。

在寻访书楼的过程中,我偶遇了太多的历史遗迹,为此让我产生了新的想法,那就是扩大寻访对象,以自己的脚步来丈量神州大地,而后进行分门别类的整理和写作,以此来梳理出中国人文遗迹的方方面面。

在寻访之后,我开始有系列地撰写不同的文章,到如今已经出版了《觅踪记》《觅诗记》《觅理记》《觅曲记》,如今已经交稿者,则有《觅经记》《觅词记》《觅文记》,其他的系列仍然在寻访和撰写之中。

历史遗迹的寻访并非易事,因为有太多的痕迹已经消失在历史的尘埃中，而寻访之前的准备工作则是系统地读某一类的学术史，比如仅仅《中国文学史》，我就读到了七位不同作者撰写的同名著作，通过这样的系列研读，使得我逐渐对各类学术史有了条理化的理解，而对于每一篇文章的传主，则通过系列的搜集相关研究文章，而后进行对读，也使我对曾经有过的星星点点碎片式的知识得以系统化和完整化，使历史上的古人在我心中的形象立体而饱满起来。

因此说，无论寻访还是写作，都使我得到了知识的体系化，而更为重要者，这使得我对自己钟爱的目录版本之学，有了更深层的了解。关于本学科，其实在其他学科中有着不同的看法，比如有人将目录版本学贬斥为"书皮子学问"，这些人觉得搞版本鉴定不过就是从形式着眼，看装订、辨字迹、查避讳字、数行格，而我从事这行业几十年之久，我知道鉴定版本远没外行人认定的这么简单，但我也承认搞版本鉴定者，疏于对内容的梳理，当然这是术业有专攻的问题。生而有涯，而知识无涯，目录版本之学，又涉及百科知识，没人能够包打天下。

然而，在强调客观的同时，我们是否能听取一些他人的意见，将鉴定之学有限度地深入到内容方面呢？至少我不自量力地想做这方面的尝试，而我的寻访过程以及撰写过程，恰恰是我在这方面的意外所得。通过有系列地研读学术史，而后撰写相应的文章，使得我在翻看自己的藏品之时多了几分亲切。

因此，我觉得，对于历史文化遗迹的寻访，不仅仅是由此来发怀古之思，更多的也是研究文本的必由之路。十几年来，我跑过无数的地方，这由此而让我对已经说烂了的古语——"读万卷书，行万里路"，有了切腹般的痛感，使我觉得很多的古语，其实是古人知识的凝练，而我们只是随口念叨，并未细品。

以上所言，我将其总称为"觅系列"，而与之相辅相成者，还有另一个"书系列"。所谓"书系列"，乃是跟书有关的书与人的相应文章，比如二十几年前才出现的古籍拍卖会，我对这种新的图书交易方式追寻多年，而后写出了《中国古籍拍卖述评》《蠹鱼春秋》和《古书之媒》等相应的专著。

书房乃是每位爱书人的灵魂栖息之地，为此不少人写过自己的书房，也有人将这些文章结集出版，然而以一个人的视角来描绘众多爱书人的书房，则是前所未有的事情。为此我用了几年的时间一一寻访重要的爱书人，而后将其结集为《上书房行走》,此书广受欢迎,在众多朋友的鼓励下,我正在写该书的续集。

传统目录之学,最重藏书目录的编写,出于各种原因,有些名人未曾撰写自己的藏书目,这给后世研究书主的目录版本学思想带来了困难。鲁迅是伟大的作家,但他同时也是一位藏书大家,然而他在生前却未曾编目。十几年前,承鲁迅纪念馆馆长孙郁先生的美意,命我撰写鲁迅藏书提要,而后发表在《鲁迅研究月刊》上,经过几年的连载,这些文章由福建教育出版社于二〇〇六年结集出版,几年后,再看这些文章,写得有些草率,让我意识到了自己学养的不足。十年之后,鲁迅纪念馆副馆长黄乔生先生告诉我,二〇一六年是鲁迅逝世八十周年暨鲁迅诞辰一百三十五周年的重要时段,其馆准备出版鲁迅藏书研究书系,他想请我撰写《鲁迅藏书志》中的古籍部分,因为他想起了当年的连载与结集。

我当然感谢黄馆长的美意,但我明确告诉他,自己当年的所写错漏百出,以此作为书志当然十分丢人,但既然信任我,让我来撰写这部重要著作,故我决定将以往的所写推翻重来,以此来弥补自己当年的失误。经过一年的全书重写,最后终于在那场纪念会前的几天,见到了三大本的《鲁迅藏书志·古籍部分》，而该书也成为那场会议送给嘉宾们的礼物。

重写《鲁迅藏书志·古籍部分》，让我意识到，功底的不扎实对于撰写文章会带来常识性的错误，唯有多读、多学，才能写出错误较少的文章。虽然说《鲁迅藏书志·古籍部分》若干年后看，也同样会有错误在，而这正表明了自己不断地在成长，而我觉得这也正是读书与写书之间的重要关联。

二十余年来，我还撰写过其他的十几本书，这些书也大多是与书有关者。而能有这样的结果，当然得益于自己可以不停地读书。人非生而知之，要想有识，只有读书。今后的未来，于我而言，很有可能继续在读书与写书的路上走下去。由此而让我觉得，读书乃是写书的前因，而出书乃是读书的结果。故而可以说，于我而言，唯有读书与写书不可辜负。

缘为书来滋味长

○ 董宁文

年过半百之后,回想一下此前几十年间的读书生活,想了想,若以四个十年来回顾,或许可以从每一个十年中较为清晰地梳理出一些头绪,也能从中勾起不少早已忘却或者淡忘的往日记忆。近些年来,不少书友让我给他们在书上题字,或者写一两句话留念,我总喜欢写"缘为书来"这几个字。这几十年来的日常生活状态大抵都是与书相伴、与书为伍,并以书的读写愉悦身心,或者消磨时光的。这样的对往日读书生活的回味如果没有某种契机,可能不是现在就会去做的一件事情。

一

第一个十年应该是一九七八年到一九八八年。

这十年是我从小学、中学，再到就业数年后参军到部队的十年。

从小学三年级开始，同桌的女同学借给我一本有关儿童题材的小说，并说是讲"打仗"的故事的，那个时候听到这个词就来劲。于是就津津有味地读完了，从那以后，我就渐渐地迷上了读书。

直到中学毕业，我始终着迷于战争题材的小说，常常读到很晚，因为总是想把一本自己感兴趣的书一口气读完才觉得过瘾，否则，心里总觉得不舒服。至今记得读过的有《山菊花》(冯德英)、《万山红遍》(黎汝清)、《红日》(吴强)、《东方》(魏巍)等，巴金的"激流三部曲"也都读过，在当时这三部书都还是"禁书"，因我当时只有十几岁，所以只是囫囵吞枣地读了一遍，知其然，不知其所以然。多年后，却有缘与这些作者有过一些或深或浅的交往，比如还曾得到过魏巍、巴金等先生的签名本，还与不少作者的后人有过一些接触，三四年前，巴金的女儿李小林、儿子李晓棠以及他在《随想录》中写到过的端端到南京来看望他们父亲的老朋友杨苡先生时，我就应杨苡先生的嘱咐，陪着他们在南京的几处名胜游玩，彼此都非常愉快。

我读过的古典名著很少，真正算通读过的只有《水浒传》,《红楼梦》《三国演义》《西游记》等书都断断续续地读过一些章节,我总觉得《红楼梦》不易读懂,它包罗万象、博大精深,还有那许多众说纷纭。也是多年后,我与两位红学大家周汝昌、冯其庸都有过一些交往,尤其是冯其庸先生,不但与他有书信往来,还几次登门拜访,冯先生也曾为拙编赐稿、题词,五年前还为我操持的卧龙湖书院题写过院名。近些年来,我与冯先生家乡无锡的冯其庸学术馆交往颇多,也为该馆编过两年院刊,这些就是我常说的缘为书来吧。

一九八二年后,开始从事一些临时性的劳动,工余时喜欢去南京城里几家新华书店以及江苏省美术馆、南京画店等场所。那时其他民营书店很少,只有市级新华书店以及古籍书店、外文书店等几家书店可去,也就是从那个时期开始,逐渐养成了买书的习惯。

除了买书、看书之外,业余时间开始寻师访友,游历名山大川,研习中国山水画,那些年还真的画了不少画,参加了许多展览。印象中,二十世纪八十年代中后期以后,社会上书画艺术的氛围很浓,除了学习书画的人很多之外,各种画家的笔会、书画比赛非常多,我其时也算是积极的参与者。除了经常观摩各种展览、笔会之外,也将自己创作的习作投稿,参加各种书画比赛,现在家里还有不少获奖证书和收藏证书。回过头来看那时的境况,着实蛮充实的,虽然这些东西的含金量并不是很大,但收获还是有的,正如那句古话所说,一分耕耘,一分收获。二十世纪八九十年代我所创作的大量作品还有意无意地留下了一些,到了二〇一六年年初,我突发奇想,将这些画选出了六七十幅,还分别请了四五十位作家、学者、书画家以及美术评论家,针对这些作品写出几十篇他们各自的读画感想,当年七月,安徽教育出版社将这些结集出版了。《宁文写意》出版后,我还举办了两次画展以及新书品赏会,起到了意想不到的良好反响,正所谓"有心栽花花不开,无心插柳柳成荫"。

到了一九八七年年底,我从小就有的当兵梦因了平时喜欢舞文弄墨的特长而实现,这里面的过程也很曲折,这里就不展开了。

到了部队后,除了继续画画之外,仍然在训练之余读书。后来,有机会分配到机关,在政治部宣传科放电影,那个地方在部队就是我这样的人的用武之地。除了平时放电影这个主要工作之外,另一个重要工作就是写新闻报道,那几年着实在军内外的报刊发表了不少豆腐块文章,也是小有成就，牛刀小试了一番。后来，政治部的图书室也让我管理，这下与书就更加名正言顺地打起了交道。那个时候，除了将部队里喜欢书画的战友组织起来搞书画展览之外，还将喜欢写作的战友聚到一起，大家相互交流写作体会，共同讨论投稿技巧。要知道，那个时候谁的见报数量多是非常令人羡慕的，不少战友就是凭着写作而提干的。

那段时间做得最有意思的一件事情，就是自编自印了一份文学刊物《绿太阳》，现在想来，这份不起眼的小刊物，对我日后从事出版编辑工作应该是埋下了一颗希望的种子。无意中找到一份一九九四年八月十三日的《南京日报》，那天的"年轻人"专版上我写的那篇《当了一回总编》可以作为原始材料立此存念：

　　在部队里，爱做文学梦的"发烧友"还真不少，但大多数人都苦于没有交流和发表的机会。数年前我在部队时，也是这样一个爱好者，某日，异想天开地琢磨起一个主意，办一份属于战士的文学刊物，使他们能够有一个互相学习和交流的阵地，岂不是一件大好事吗？

说干就干,征得领导同意,我利用在宣传科工作的有利条件,向所属各连队发出了征稿通知。三天不到,一百多篇诗歌、散文、小说等各类体裁的稿件就堆到了我的桌上。接下来我就忙活开了,一篇篇地审读来稿,编辑整理出二十三篇作品,作为我们名为《绿太阳》的创刊号的正式刊用稿件。当我把这摞稿件摆到我的一位搞打字的老乡面前时,他毫不犹豫地说:"这事包在我身上,一星期后你来拿就是了!"印一百多本刊物,纸张可是要不少的。于是我四处向老乡求援,还算顺利,一天下来就弄到了两千多张纸。

　　这一星期真把我累得够呛。别的不说,光是校对一项就让我焦头烂额,当一本本饱含着我们心血和期待,还散发着油墨香的刊物刚刚装订好,早已等候多时的战友们闻讯后纷纷跑来先睹为快。疲惫了十来天的我这才长长地舒了一口气。

　　刊物出来后,战友们都说读了以后感觉特别亲切,当地的报纸副刊还选登了我们的作品,广播电台在《文化与生活》节目中做了一档十五分钟的专题介绍。部队首长也给予了充分肯定,说我们为活跃军营文化生活做了一项卓有成效的工作。

小刊物只出了两期,后来因故没再办下去。但它毕竟是我和战友们的一份宝贵财富啊!好歹我也当了回总编,也算是尝过了一次办刊物的酸甜苦辣。至今想来,还是觉得蛮自豪、蛮开心的。

这篇短文写得非常简略,记得这份刊物的封面是我特地从南京(当时部队在皖南)买回来的一种有大理石纹路的绿色纸张,每一本封面的"绿太阳"三个字是我用毛笔蘸着绿色颜料书写的,这可能就算作封面设计了。

二

第二个十年就是从一九八八年到一九九八年。

从多年前的一份已经发黄变脆的"写作简况"的打印件中知道了我的第一篇文章是在一九八八年发表的,具体是哪一篇文章,目前已了无印象,这份简况是这样写的:

　　自一九八八年开始发表第一篇文章至今,已先后在《中国航空报》《中国文化报》《中国妇女报》《中华老年报》《中国工商报》《今晚报》《新民晚报》《文汇读书周报》《文学报》《作家报》《书友周报》《读书生活报》《新华日报》《江苏工人报》《扬子晚报》《金陵晚报》《青年文艺家》《荷花淀》《南京文艺界》等近百家全国、省、市级报刊发表新闻、散文、随笔、杂文、小说作品数百篇,约五十余万字。

现为:《作家报》特约记者,《书友周报》特约记者,《每日侨胞》特约记者,《现代书画家报》特约记者,《美术报》特约记者,《译林书评》特约编辑。

一九九〇年从部队复员回到南京,进入一家企业从事繁重的体力劳动将近五年,这期间在工作之余,仍将全部时间都投入到读书、写作之中,从以上的简况即可见出端倪。这十年的后期,应该是我日后从事编辑、出版工作的起步。二十世纪九十年代初,先后参加了南京团市委以及市工人文化宫组织的一些文学活动,并在一九九三年五月和一九九五年五月成为南京市青年文学学会会员、南京市职工文学协会会员。

一九九四年十月二十九日,因为去采访前来南京签名售书的梅绍武、屠珍夫妇,结识了译林出版社的编辑王理行,此后我们时有交往。大约在一九九五年或一九九六年的时候，从江苏文艺出版社改任译林出版社社长的蔡玉洗先生将新时期以来最著名的外国文学刊物《译林》由季刊改为双月刊，并想创办一份有关外国文学的书评报。那时，除了《文汇读书周报》有外国文学的书评专栏之外，其他同类报纸鲜见，但是，当时出版社没有人愿意来办这样一份不起眼的小报纸。恰在此时，王理行向蔡玉洗社长推荐了我，认为我可以做这件事。其实，王理行对我并不是太了解，他只是凭着直觉认为我能做这件事。现在回过头来想想，很多事情真的很难说，像我这样一个当时与编辑、出版一点关联都没有的人，加之又不是科班出身，真的有点匪夷所思。

就这样，王理行安排我到蔡玉洗社长的办公室与他见了面，聊了大约半个小时，这件事就确定下来了。不曾想到的是，《译林书评》自一九九六年创刊至今已走过二十二个年头，每两个月，这份报纸都会随着《译林》杂志一道与广大读者见面，至今年正在编辑的二〇一八年第二期为止，已累计到了一百二十七期。大约在二〇〇八年的时候，由于蔡玉洗社长之后的第三任社长顾爱彬喜欢后来我所编的读书刊物《开卷》，他认为《译林书评》以三十二开刊物的形式易于读者保存与阅读，于是就改成了与《开卷》的形式一样,由原先的四开小报变成了三十二开的小刊物。就这样,我一个月编着一期有关中国传统文化传承的读书刊物《开卷》,两个月编着一期有关外国文学书评的《译林书评》,一直走到今天。

当时四开四版的报纸完全是按照着《文汇读书周报》的编辑格调来编辑的。刊名是由译林出版社的资深编审韩沪麟请季羡林先生题写的。往后的日子里,这张书评报纸以其清新可读、颇富学术性又具评论与批评性的报风而得到专家与读者的青睐与好评。现在大略地回想一下,这些闻名于当今翻译界、学术界、出版界的名字都曾出现在我们这张不起眼的报纸上:季羡林、巴金、杨绛、金克木、戈宝权、王辛笛、章克标、屠岸、于光远、赵萝蕤、施蛰存、张威廉、曾卓、张岱年、王朝闻、梅绍武、绿原、柳鸣九、杨宪益、高莽、许渊冲、罗新璋、李文俊、张佩芬、文洁若、流沙河、郑克鲁、黄源深、许钧、龚明德、钟志清、姚君伟、杨昊成、袁筱一、王彬彬等百余位。

到了一九九五年,我平生编的第一本书出炉,这本三百余页的小书从约稿、编辑、校对、装帧与版式设计,一直到印出来后的座谈会都是由我操办,虽然是仅印了五百本的自印书,但编辑、出版程序一样不少,这也可以算作我多年后的编辑、出版实践的一次煞有介事的操练。

这本书还请了当时因《蹉跎岁月》正火遍国内的叶辛题写了"文思神远"四个字印在扉页上助阵，序言请了曾任江苏省作协党组书记、副主席的海笑先生撰写，现在看来，这本书还真做得有模有样。

在编《译林书评》之前，因缘际会，与南京大学出版社的徐雁、江苏省作协的薛冰，以及其他一些志同道合的朋友联系、交往逐渐频繁起来，更因为一九九六年初参加南京首届"状元杯"个人藏书大赛，我与薛冰、徐雁分别获得不同的奖项，而使得大家的来往更加密切起来。到了一九九七年，由徐雁、蔡玉洗领衔主编的"华夏书香丛书"开始运作。第二年，我们几位编委与主编一道到西安，参加在那里举办的全国书市，并在书市期间举行了新书首发活动，那套书是由陕西师范大学出版社推出的，本来计划连续推出第二、第三辑的，后来因为种种原因而搁浅。那次活动特意从各地赶来西安参加的有徐城北、倪墨炎、刘绪源、张放、徐鲁等人，后来他们都成为《开卷》以及"开卷"系列丛书的作者。这个月刚刚去世的《文汇报》原"笔会"刘绪源先生当年还是那样的意气风发，倪墨炎先生也是好几年前就去世了，想想这些，不免令人伤感。

一九九八年五月，由徐雁先生介绍，我还加入了中国阅读学研究会。也是在那一年的十月，我因为发表过一些文字，还被中国航空作家协会吸收为会员。

三

第三个十年，是我开始尝试做编辑、从事出版工作较为重要的十年，这个十年是从一九九八到二〇〇八年。

二〇〇〇年前后那段时间，被读书界誉为"金陵书香部落"的一些朋友常常相聚在一起，淘书、聊书，后又在一起做书，一九九七年年底，译林出版社蔡玉洗社长开始兼任江苏出版集团所属的凤凰台饭店的总经理，于是大家在一起又共同策划、编辑出了一份读书刊物《开卷》，这份读书内刊当时是承载着饭店企业文化理念的，正如蔡玉洗先生当年所设想的那样，作为出版集团创办的一家饭店，应当将书文化引入到饭店的经营理念中来。不曾想到的是，这份只有一个印张、素面朝天的读书刊物，一编就是将近二十年。

这份刊物创刊初期成立了一个十余人的编委会，具体的联络、编辑工作基本上都由我承担，几年后由于编委都有其他事情需要去做，慢慢地就逐渐过渡到由我单独负责这份刊物的所有编辑事务方面的工作了。

二〇〇〇年四月，凤凰读书俱乐部的读书刊物《开卷》创刊，几期刊物印出后，就得到了文学界、出版界、学术界众多专家、学者的高度认可。凤凰台饭店也以"凤凰台文化"的打造赢得了社会的赞誉，社会各界人士，尤其是文化界的人士知道凤凰台的越来越多，在当时的酒店业，凤凰台的文化现象成为人们津津乐道的话题，所谓风生水起，一时间好评如潮。

创刊两周年的时候，我们曾邀请范用、方成先生到南京一游，趁着二老在南京，还组织了一次《开卷》创刊两周年座谈会，南京的马得、陈汝勤、化铁、曹明、李景端、薛冰、王理行等二三十人应邀参加，会上大家对这本刊物两年来取得的成绩给予了积极的评价。可能是因为这次范用先生的南京之行，使我有了一个触动，并萌生了编辑出版"开卷文丛"的想法。范用先生在三联书店主持出版的那套白皮封面的"读书文丛"无形中成为我所策划的"开卷文丛"的标杆。

策划中的"开卷文丛"的作者都是《开卷》的作者，同时基本上也曾是"读书文丛"或者《读书》的作者，书籍的设计也像"读书文丛"一样素朴且有浓浓的书卷气,开本也是小三十二开,页数在两百多页,定价在每本十几元,是那种读者一见倾心的读物。这些想法,一年后就真的实现了,而且理想与现实相差无几。

第一辑十位作者中,基本上都是七八十岁的文化名家,既有"九叶派"诗人王辛笛先生,也有"七月派"的老诗人、翻译家绿原先生、朱健先生,古典文学专家、文学评论家舒芜先生,还有新时期以来湖南出版界的名家朱正与钟叔河先生,著名诗人、古文字研究家流沙河先生等。范用先生主政三联书店期间,出版了大量在知识界、文化界以及广大读者中极具影响与价值的好书,而这位二十世纪三十年代就加入邹韬奋创办的生活书店的老出版家,一生为他人做嫁衣,自己却没有出过一本书。他在"开卷文丛"第一辑中的《泥土脚印》严格意义上就是我们向这位老出版家的致敬之书。这本书也是范用先生的第一本读书随笔,多年后,三联书店才以这个版本所收的文章出版了同名的《泥土脚印》以及续编。

现在想想,这套书的出版算是开了一个好头,而且"开卷文丛"的出版定位以及品位让人一看就很清楚了。这套书中还有一本《开卷闲话》也值得一说。当时这本书加入时,不少人是有异议的,认为这些"闲话"与一般的书籍不是一个级别的,充其量就是一些编前编后的闲话而已。当时,我执意将其纳入,但没有想到的是,这本《开卷闲话》却成了"开卷文丛""开卷读书文丛""凤凰读书文丛"以及"开卷书坊"等"开卷"系列丛书的主打书,这本闲话在两年后的"开卷文丛"第二辑中又以《开卷闲话续编》继续出版,一直到二〇一六年由上海辞书出版社出版到《开卷闲话十编》为止,已经成为许多读者购藏"开卷"系列的必看书了。喜欢读"闲话"的《开卷》读者大多都是在每一期新刊到手时必须第一时间阅读的。

凤凰出版社在二〇〇三年十月出版"开卷文丛"第一辑后,可谓好评如潮,当年年底,在南京组织召开了一次首发座谈会,数十位专家学者济济一堂,对这套文丛表达了各自的见解与展望。

接下来,我又着手策划了"开卷文丛"第二辑,这套文丛由岳麓书社出版,这一辑仍然为十本,但最后出版时,只印出了九本,魏荒弩先生的《栌斋余墨》因故未能出版。几年后,这本书在"开卷读书文丛"中得以出版,可惜的是魏荒弩先生生前没有能够见到这本书。

"开卷文丛"第二辑中彭燕郊、吕剑、辛丰年、章品镇这几位文化老人,一般读者都很熟悉,但其中的谷林、李君维两位老先生,知道的读者不一定很多。谷林先生的本职工作是会计,但业余时间写了大量的读书随笔,曾经还被借调到历史博物馆做了十年的《郑孝胥日记》的校订工作。李君维先生在二十世纪四十年代以东方蝃蝀的笔名写作小说闻名于世,后来却远离文坛,直到二十世纪九十年代才被文学史研究专家重新挖掘"出土",他又重新拿起笔来写作了大量的随笔。这本收入文丛第二辑的《人书俱老》就是那些随笔的首次结集,也是李君维先生一生唯一的一本随笔集。

又过了两年,"开卷文丛"第三辑又在湖南教育出版社出版。这第三辑文丛出版前后,因为《开卷》创刊五周年的"我的书房"的专题约稿,收到了五六十位作者撰写的有关各自书房的文章,由此而编成了一本《我的书房》在岳麓书社出版,也是不曾想到的是这本书初版六千册后随即热卖,不久又加印了五千册。这本书算是"开卷"系列中印数最多的一本书,并由此而催生了《我的书缘》《我的笔名》和《我的闲章》系列图书的出版。

这一个十年的出版历程,为"开卷"系列图书的出版奠定了坚实的基础,在这些丛书出版的同时,《开卷》这本刊物也在每月一期一期地编印出来,到了二〇〇八年七月,《开卷》出到了一百期,为了纪念创刊一百期,我就着手编了两本书,一本为《凤凰台上——〈开卷〉百期珍藏版》,一本为《我的开卷》(译林出版社,二〇〇八年七月版)。这两本书编选精当,装帧设计精美,而有幸获得当年度评选出的"中国最美的书",这却是一个意外的收获了。

这一个十年,编了几十本"开卷"系列,编了一百期《开卷》,见到了数百位作者,为更多的热心读者寄刊寄书并且联络,所谓忙碌而又充实的十年,自然也读了非常多我所感兴趣的好书。这一切的一切里面也包含了太多的故事与感念,在此,真的不可能一一尽述。我想可以从我为《我的开卷》所写的编后记中,或许能够感受到这其中的诸多故事吧。

四

第四个十年自然是二〇〇八到二〇一八年了,这十年应该说是我继续编《开卷》,继续策划编辑"开卷"系列的十年。这十年里编的书的品种更多了,《开卷》本身也发生了比较大的变化, 或者说转折。在二〇一〇年后,《开卷》因故不得不离开原来的主办单位，开始苦苦寻求新的主办单位，那以后的三年真的非常艰难，直到第四年与问津书院相遇，才使得这份刊物又可以稳步地向前迈进。

自二〇一二年开始与上海辞书出版社策划出版的"开卷书坊"到二〇一六年一共出版了五辑三十七本书，每一年八月的上海书展上，"开卷书坊"新的一辑出版后，都会在书展上举行首发活动，这已经形成了开卷书坊在上海书展上的一个保留节目。也是在二〇一六年的十一月份，《开卷》迎来了创刊两百期的喜庆，为了纪念两百期的生日，我又从年初开始，策划编辑了一本颇具特色的《〈开卷〉二〇〇期》，这本厚达一千五百页的小书虽然非常厚，但确实是一本小三十二开的小书，看到这本书的读者都会有惊艳之感，这种惊艳不仅体现在书本身的精美与厚重上，而且也在编辑的理念中可以体味。

第四个十年中由开卷书坊策划、编辑，由黄山书社于二〇一五年二月出版的《寓记》一书，荣获"2015海峡两岸十大最美图书"称号；开卷书坊策划，由江苏文艺出版社于二〇一六年七月出版的《林散之年谱》荣获二〇一六年度"中国好书"称号、二〇一六年度中国书法风云榜"书法学术著作奖"、凤凰传媒集团"二〇一六年度凤凰好书奖"。

这几个奖项的获得颇值一记，因为这些奖项是对开卷书坊这十余年来辛勤耕耘的一种认可。

二〇一八年开年之后，由开卷书坊策划的一套五本"侧看民国"系列在北京书展亮相，这也预示着"开卷"系列又将迎来出版的新机遇。

这十年间，除了全身心地投入到编刊编书之外，所有生活大都与书有关，每天的时光都是在读书、校书、写书、印书、买书、卖书、送书、评书、品书等之间度过的，我的读书已经不是传统意义上坐在书桌边埋头苦读的情形了，其实也是一种新的状态下的苦读、乐读和悦读了，正如很多年前大藏书家、散文家黄裳先生为我题写的"为书辛苦为书忙"，颇能一言以蔽之。我在读书中编书，在编书中读书；同时也在读书中学习写书，在写书中又去体会如何读书。就这样循环往复、日复一日地沉浸其中，在这样的读书生活中得到精神上的极大愉悦，这或许就是我的一种书式生活吧。

简略地回顾四十年间的读书历程，具体的读书细节与感悟不太可能一一道来，好在已经出版的十本《开卷闲话》中留下了大量的记载可以回味，还有一二十本那些年的日记可觅我的读书踪迹。虽然这些日记至今还在我的书房静候机缘问世,若将来真的有机会出版的话,那么与十本《开卷闲话》对应着去读,或许会让有兴趣读它的有缘人大快朵颐。记得前些年,扬之水先生送我《〈读书〉十年》时,我曾回复一条短信致谢,并戏言哪天《〈开卷〉十年》也能出版岂不妙哉。私心所想的是,扬之水先生的日记所记是一九八六至一九九六年这十年,《开卷》所记则是一九九六到二〇一六这十年,正好是一个时间上的衔接。虽然所记价值有相当大的差异,但是,从文脉传承这一点上来看,还是有着薪火相传的意味的。

迷雾中的阅读

○ 周立民

一

　　"年轻的人想着三十年前的月亮该是铜钱大的一个红黄的湿晕，像朵云轩信笺上落了一滴泪珠，陈旧而迷糊。老年人回忆中的三十年前的月亮是欢愉的，比眼前的月亮大，圆，白；然而隔着三十年的辛苦路往回看，再好的月色也不免带点凄凉。"这是张爱玲《金锁记》的著名开篇。现在，朋友命我回顾一下四十年来的读写的情况，我不觉陈旧而模糊，也没有欢愉和凄凉。四十年前，老家小曲屯初冬田垄上升起的薄雾，通过外面的大路两旁的晨霜，在记忆里清晰如昨。然而，四十年前的我，是个什么样子，我却要思量。那时，我虚岁六岁，房前屋后玩泥巴的年龄。是

221

真的泥巴,团成一团,捏成一个碗的形状,用尽力气,摔到地上,砰的一声,中心的泥土膨胀而出,谁中间摔出洞大,谁就算赢。这个游戏,我们叫"摔娃娃"。农村孩子,是"泥巴孩",不仅玩泥巴,而且手上身上还沾满泥巴。不到入学读书时,父母很少有什么"学前教育",更未听说过"输在起跑线上"这种话,那段日子,就是孙猴子的花果山岁月。

不过,四十年前,我应该会写几个字,也渴望读书了。跟我一起的玩伴都比我年龄大,他们上学了,放学归来也不漫山遍野撒欢了,而是静静地在做一个叫"作业"的东西。本来大家热热闹闹做混世魔王,现在剩下我孤家寡人,这种影响力是无形的,我也要读书、写字,也模仿他们做作业。识字的隐秘快乐是与混世魔王的生活相连,我很快就学会了"写标语",从本子上撕下一页,写上"某某某是大坏蛋","蛋"字不会写,问上了学的小伙伴,歪歪扭扭写上去。趁着晌午人们都在睡午觉时,我蹑手蹑脚地贴到邻居家的后门上。冒险做坏事,兴奋异常。过后,还旁若无事地暗暗观察人家表情,又是很得意。现在想来,我自以为得计,可是整条街里的邻居怕都知道这是我干的,村子里再也找不出比我更调皮的孩子了。

家里有些书刊,我只能一知半解地猜一猜图画的意思,这让我很不甘心。记得,每年都有一本细长的《农家历》,有节令、农时和生活常识等,这些都跟日常生活有关,大人们经常翻动,我在一旁也跃跃欲试。更大的诱惑是小人书,有两本我现在还记得,一本是《大闹天宫》,一本是《鲁智深》,我请大人们一遍遍地给我讲上面的故事,虽然早已烂熟于胸,自己不认识字还是很扫兴。有两本《看图识字》,是爸爸出差时买的,窄窄的横翻本,彩色印刷。上面有火车、电车、公共汽车、飞船等,还有天安门、故宫、颐和园、长城之类,对于玩泥巴的小孩来说,这些仿佛天宫里的事物,它们离我的现实生活十分遥远——我熟悉的是鸡鸭牛马猪,是蝴蝶、蜻蜓、稻田、小溪……可是,两本小册子里的"新世界"显然对我诱惑更大,我由此也毫不费力地记住了旁边的汉字。转过年,七岁了,通常都是八岁上学。这时,爷爷从亲戚那里给我借来语文课本,开始教我识字。第一课是"人、口、手、山、石、土、田",接下来是:春天来了……人生识字忧患始,不,我很兴奋,我可以自己看书啦,由此,世界才慢慢向我展开。

作为一个外省孩子,不是"省",是外乡,文化上讲的偏僻外乡,我的阅读始终与最前沿的文化环境不同步。比如,当一个时代结束,一个新时代开始时,我的阅读说不定还在过去的时代中。上小学时，我的课外读物里竟然有五卷《毛泽东选集》，还有那个年代的《红旗》杂志。这是爷爷的书，我饥不择食，能够找到的书也很少，"有啥吃啥"。当《读书》杂志已在大呼"读书无禁区"，我根本不知道有这么一份杂志，我读到这篇文章，是在它发表的十五六年后，是作为研究资料查阅的。再如，二十世纪八十年代初，"朦胧诗"潮起云涌，直到二十世纪九十年代初上高中，我才雾里看花朦朦胧胧。一个人的成长，并不是有一份历史地图摊在面前，让你把握脉络、掌握趋势，沿着康庄大道向前奔走。虽然，万壑众流归大海，那些默默地孤寂地独自流淌的小溪还是很多，地域、阶层、个人境况的差别，让历史从来都不是在单一层面上推进的。阅读的不同步，还有个人性格和选择上的原因，我们这一代人疯狂流行的琼瑶、三毛、金庸古龙的武侠以及汪国真等，我在当时根本就没有认真读过，那个时候，我的心思在另外一些阅读对象上。

乡下、城镇里，新华书店里出售的书非常有限，完备的图书馆也不存在，我的阅读不同步也不系统，偶然性很大，与哪一本书相遇，仿佛是命定。我们镇上的供销社文化柜台里摆着一本《传奇》，好几年都在那里，无人问津。我不知道这个叫"张爱玲"的人是谁，天天去看有没有托尔斯泰、巴尔扎克、鲁迅、巴金这些人的书。这个时候,张爱玲正重返大陆,在学界早已是大红人。柜台里的书,长久没有新的加入,我实在没书可买,才以它充数。书前书后,都没有介绍,我读了一两篇,又莫名其妙,后悔错买了一本书。念高中时,张爱玲的书成了大众读物,后来安徽文艺出版社出版的《张爱玲文集》畅销一时。哟,这不就是写《传奇》的那个莫名其妙的人吗,有眼不识祖师奶奶。当这个现实由最初的"外乡"文化环境养成后,随着我渐渐向城市和文化中心移动,我的性格中也形成远离流行的意识,最初可能有些是反叛式的拒绝,现在则是理性的自决,特别是文化多元化之后,沉渣泛起,我不能照单全收,只能选择自己喜欢的书,自然没有必要跟着谁去跑。

行走在大地上,哪怕是荒无人烟的西伯利亚,也不可能彻底远离春夏秋冬,春花秋月也以不同的方式进入到生活中来。书店可获不多,邮局订阅的刊物却总是送来最早的春风。感谢父亲,他订了不少刊物,《大众电影》《美化生活》《八小时以外》,还有旅游杂志,我不识字时,早已翻来翻去了。它们再次提醒我:外面的世界很精彩。读书后,他又继续给我订不同的刊物。我订过《新少年》《少年科学》,后来是《中学生》,在镇上的邮局买《散文世界》《中学生阅读》。家里还订阅了《人民文学》。上高中前的暑假,我从镇上的文化站借了几年里的《小说选刊》,把前些年流行的小说全看了一遍。上高中后,我是《收获》的长期订户,又开始在我们县城的邮局,每期追着买《随笔》,看过之后,几个爱好文学的同学还经常讨论。从这个角度而言,我似乎又没有脱离某种文化潮流,而是渐渐在向它的中心奔去。

二

马南邨:《燕山夜话》(合集,北京出版社,1979 年 4 月新 1 版)。这本书的封面米黄色,有衬底的花草图案,"燕山夜话"四个字是手写的隶书,下面是作者的名字,紧跟是一方红色的印章。整个封面,文雅又大气。翻开书,是一张黑白照片:邓拓同志一九五八年在北京。他穿着中山装,一个口袋插着钢笔,面孔有些消瘦,照片印刷得有些黑乎乎,更显得这个人脸上有些沧桑感。我当时对邓拓后来的遭遇知之甚少,直觉上感到邓拓一脸苦相。

在小学三四年级,就是一九八三至一九八四年间,父亲把他的这本书送给了我。一起给我的还有《陈毅诗词选集》《沫若诗词选》,正像前面所说,我可读的书并不多,拿到什么书都会从头读到尾,不过,印象深刻的是这部《燕山夜话》。这并不是一部太适合小学生读的书,很多最基本的东西我都弄不懂,比如马南邨与邓拓是什么关系,为什么"邨"不写作"村"?

《燕山夜话》,当年是"反党黑话",换一个时空阅读,却完全是另外一番感受。我不仅找不到任何"反动"之处,而且,把它当作少年时代的励志书。第一篇《生命的三分之一》就说:"古来一切有成就的人,都很严肃地对待自己的生命,当他活着一天,总要尽量多劳动、多工作、多学习,不肯虚度年华,不让时间白白地浪费掉。"我当时很喜欢这样的话,总觉得时间过得太快,自己浪费得太多,有一种"虚度年华"的自责。那时候读书学习,一时兴起,热情洋溢,两天过后,又丢在一旁,很多计划都半途而废,这也使我十分苦恼。看邓拓的文章,引明代学者吴梦祥的话,讲读书学习,没有什么"秘诀",不过专心致志,不出门户,痛下功夫而已。"或作或辍,一暴十寒,则虽读书百年,吾未见其可也。"(《不要秘诀的秘诀》) 这是当头一瓢凉水,让我警醒、自诫。他的《新的"三上文章"》又提示我,该怎么抓紧时间学习;《"半部论语"》则让我明白,读书不必求多,而要求精。

在方法之外，这书里还有很多知识、情趣，也让我受益。那时，男女老少都喜欢听评书，收音机、电视里，刘兰芳、田连元等人讲个不停，《杨家将》是经典书目，《燕山夜话》中《两座庙的兴废》中讲到历史上的"老令公"杨业以及他儿子杨延昭。武侠小说，我没有读过，可是金庸小说改编的电视剧却断断续续看了不少。想不到《射雕英雄传》里的道长丘处机也实有其人，还被成吉思汗委任为"掌管天下道教"的要角。(《谈"养生学"》)小学生很爱穷根究底，邓拓满足了我的这个兴趣。除夕古人是如何守岁、怎么饮"屠苏"，在过年的时候读一读，向往一下古代生活，也让我见识大增。(《守岁饮屠苏》)《燕山夜话》俨如一部历史文化的小百科，我经常拿它查一点什么，随便翻开哪一篇都读得津津有味。

常看到有人回忆，在读书求学的过程中，遇到怎样的"名师"或"高人"指点，让他醍醐灌顶，直抵大道。在乡间，能识文断句就是高人了，大多数人家，别说书，除了月份牌，连个纸片都找不到，谁肯指点我呢？这时候，《燕山夜话》这样的书带给一个少年的帮助和力量就不可低估。它讲的并不是什么高深的道理，即便是常识，对于一个在蒙昧中寻找道路的人,捅破了一层窗户纸,屋子里才明亮起来。在以后求学的道路上,通过书本向前贤"请教",是我最根本的学习方法。我从未因为不是什么世代书香、名门学府出身而自卑,只要有书,站在我身后的就是那些代表着人类文明巅峰的大师们,还有谁能比他们更给我底气?

二十世纪八十年代初,是结束过去开辟未来的时代,在这样的时代中,我与《燕山夜话》相遇,现在想来,颇有象征意义。书的前面有邓拓手书的《合集》自序,最后一段颇有豪情,也感染一颗少年的心,跃动不已:我们生在这样伟大的时代,活动在祖先血汗洒遍的燕山地区,我们一时一刻也不应该放松努力,要学得更好,做得更好,以期无愧于古人,亦无愧于后人!

三

我的初中,在一个高高的山冈上,四周是树木和绿油油的玉米、高粱。站在操场上向南望,近处是稻田,远处是与蓝天交接的大海。学校不大,只有前后两排房子,每天上午第二节课之后的间操时间,我们都围在中间的排球网周围,看老师们在打排球,这个时候,广播里传出的歌声是《童年》，大约是成方圆唱的。

这是一所十分简陋的乡村初中，不是重点，不是名校，然而，我遇到的都是多年在教学第一线各怀绝技的老师，虽然考试的压力始终存在，然而，他们却能把课堂变成欢乐的舞台，让这些野孩子们在笑声和兴奋中记住了一个个知识点，傻呵呵地度过每一天。语文老师赵福德，居然是我父亲读书时的老师，教材中的名作家的文章，他在平时讲课中能随口背出，那些没有学的篇章，在他的熏陶中，我们早已滚瓜烂熟，这又诱使我想早一点读到那篇文章的全文。读初中期间，我特别想得到的三本书是《呐喊》《朱自清散文选集》和《红楼梦》，前两本，都是课本里摘选作品最多的集子。后者是中国人津津乐道的"四大名著"之一，前三部，我都翻过了，唯独《红楼梦》找不到，后来从一位姓王的女同学手里借来读了。《呐喊》在镇上的文化站图书室里借到了，唯独朱自清的书找不到。我估摸，镇上的人更喜欢读有情节的小说、传奇、演义，朱自清的书，要么是散文诗歌，要么是学术著作，即便重印不少，书店也不愿意进货。

我只好自己"编辑"朱自清散文选，采取的办法是中国古人的传统办法：抄书。可是，我连整本的朱自清散文选

230

都借不到，只有从中国现代散文选之类的各种选本中，把能够找到的朱自清的文章抄下来，有的书里只选了某篇的片段，先抄下，以后遇见再找机会"补全"。在各类选本中出现最多的是朱自清早期的抒情散文，《匆匆》《温州的踪迹》《背影》《荷塘月色》《桨声灯影里的秦淮河》等等。抄书，是最坚强的诵记方法，很快，文章中的句子就挂在我的嘴边。

为什么对朱自清这么感兴趣？因为初一课本中有一篇他的《春》。它一开头就以非常有节奏感的语句抓住了我的心。一个在农村生活的孩子，没有公园，没有少年宫，没有小提琴，他最为可怜也最为奢侈的就是有享受不尽的大自然。在北方，结束漫漫冬夜，春天是最欢乐、最鲜明和最有动感的季节，朱自清的短文抓住了这一切，他笔下写的每一个细节，都仿佛是我的亲历，是在道出我的心声。山、水、草、树、花儿、风儿、鸟儿，可不就是这样吗？这是要求全文背诵的课文，我在上学的路上情不自禁地吟诵。这一路上，有小水库，春波荡漾。还经过一个小果园，鲜花怒放。迎着风念"吹面不寒杨柳风"，对着雨，"看，像牛毛，像花针，像细丝，密密地斜织着，人家屋顶上全笼着一层薄烟"。眼前的景有文字相佐，变得空灵起来；纸上的文字有

231

实景印证，变得立体了。那时，我也在读《红楼梦》，"牡丹亭艳曲警芳心"一节，"原来姹紫嫣红开遍，似这般都付与断井颓垣"，"良辰美景奈何天，赏心乐事谁家院"这样的情景，不用作者描绘，不就是我们村子、我们家房后的风景吗？梨花开时，蓝天下的白雪；旁边的桃花，给大地点染了颜色，还有槐花，香气四溢……是曹雪芹、朱自清这样的作家，唤起了我对文字的感觉和对文学的痴迷，并且从一开始就不是概念上的，而是来自生活，来自实际感受，那些文字，是风，是雨，也是花。

　　直到读高中，我才买到一本《朱自清散文选集》，这是百花文艺出版社出版的百花散文书系的一种，这套书虽然是选本，但是对我最初接触现代作家的作品提供了很多营养，有很多我后来喜欢的作家的阅读，都是从这些选本中开始的。上大学时，在大连天津街新华书店前的书摊上，我惊喜地发现一套《朱自清全集》（刚出了八卷），虽然六十几块钱，这在当时也不便宜，我还是毫不犹豫地拿下。朱自清这种"传统"散文家在当时已经风光大减，不再有"阶级斗争"，不再为过年吃一顿饺子忧心忡忡，二十世纪九十年代初，整个在二十世纪八十年代忧国忧民的激情转换到对具体而微的生活的热情中，由生存到生活，人们开始讲究格调、情趣、品位,吃苦茶的周作人,谈吸烟的林语堂,雅舍里的梁实秋,他们的散文和各种选本遍布书市。沈从文、张爱玲、边城风光、风俗,奇异的情感表达方式,大家族的神秘,女性内心的幽曲,让当年迷恋三毛、琼瑶、席慕蓉的人又找到新的寄托。这个时候,买来装帧精美的《朱自清全集》,似乎不合时宜,而且,再也不像当年,我可读的东西太多了,眼花缭乱,目不暇接。我还是要买朱自清,这是偿还心愿。

　　写到这里,我不由得怀念起天津街当年的那些小书摊。新华书店,白天营业,很多书来得并不及时。下班之后,摆出来的小书摊,却把握了读者心理,都是读者盼着读的书。从含金量而言,我始终认为二十世纪九十年代才是当代文学真正的繁荣期,二十世纪九十年代最激动人心的阅读都是书摊提供的。如《苏童文集》《陈染文集》,长江文艺"跨世纪文丛"中的很多书,华艺出版社出的当时作家的集子,张炜、张承志、余华、韩少功、李锐……还有各种重印的外国文学名著,这也是图书发行体制改革之后的结果,原来由国营体制一统天下的局面由此被打破,文化纷乱且繁荣。

　　那时,吃过晚饭,坐二十三路公交车到友好广场,走过来就是这些书摊。春天，北方的风很大，吹得书或招贴哗哗作响，也吹得我的头发一片缭乱，然而，风是暖的了，吹着人有一种张扬的快意，很久就想找的书突然从眼前跳出来，那就是兴奋了。我忘不了在这些书摊中穿梭和流连忘返的日子。不知道什么时候，一夜之间，它们都消失了。大约是城市升级改造，更强调秩序吧？我总感觉越来越豪华的城市，少了许多沁入人心的温暖。

四

詹姆斯·乔伊斯：《尤利西斯》(萧乾、文洁若译，译林出版社，1994 年 4 月、6 月、10 月分三卷出版)。这套书，我也是在天津街书摊里分卷买的，拿到上卷时心花怒放。

我刚刚在北京见过两位译者。一九九四年四月，我出席在北京召开的巴金国际学术研讨会，认识很多研究者。从初中开始，我就迷恋巴金的作品，整个高中学习紧张的灰色岁月里，是巴金的书给了不尽的力量，进大学之后，我尝试开始写一点关于巴金的文章，能够在那样的盛会见到很多仰慕已久的师长，更是眼界大开。萧乾先生，是作为巴金先生的老朋友被请来的，他受关注，还有刚刚杀青的《尤利西斯》的翻译。这部"天书"将以完整的面目出现在汉语世界中，是文学界的一件大事。二十世纪八十年代，"现代派"是一个可以引起争议甚至批判的名词，十年之后，人们不仅不再避讳，而且举手欢呼。《尤利西斯》之前，普鲁斯特的《追忆逝水年华》已经出版，真是风气大变。

我在《世界文学》上读过《尤利西斯》的选摘，似懂非懂，却大有兴趣——年轻人就是这样，越不懂越神秘的东西越有兴趣。在北京，会议就餐我恰好与萧乾夫妇坐在一起，禁不住问了他不少翻译的情况，对我这个什么都不懂的"孩子"，他还是认认真真地谈了不少（我总认为，我曾给《大连日报》写过一篇《与萧乾谈〈尤利西斯〉》这样的稿子，可是查不到）。有这样一层关系，我特别关心这部书的出版，如盼情人似的，等着一册册出版。我喜欢精装书，后来见到这书又出了两卷精装本，我跟书摊的小贩商量，拿平装补差价换精装，他同意了。我记不得，当时一个月的生活费是多少了，还能买很多书，靠的是零星写稿子的稿费，还有就是节省。不然，精装、平装两套齐收才对。不过，去年，我还是从网上把三卷的平装本又买了回来，平装与精装封面设计差别很大，平装那个米黄色的封面，很具现代感的设计，才是我熟悉的《尤利西斯》。

我曾带着书,在风和日暖的时候,到劳动公园去读。公园一进大门有卖大碗油茶,两三块钱一碗吧,我和太太当年都吃过,前两天还在一起感慨:再也没有吃过那么好吃的油茶。其实,是再也没有那么好的年华了,我拿着书,心无挂碍,一读就是一个下午。从公园高处俯瞰城市,高楼不算多,车流熙熙攘攘,傍晚时分,华灯初上,小说主人公布鲁姆的感觉袭上我的心头。我也是这个城市里的流浪者、游荡者,这里没有我的家,没有亲人,身边过往的人好像很亲密又很疏离,年轻人的自负、倔强又让人觉得全世界没有人理解我,那种孤独尖锐地刺痛了我,让我怅然不已。

有时,我也会到海边走走,小说也写过海边。

大连是一个被海环绕的城市,不论怎么走,都会走到海。那时,我们学校在白山路,星海广场刚刚开始动工,常去的海边是南大亭、星海公园、金沙滩、黑石礁等。小说里的海,我不陌生。下午没有课,我经常一个人到海边去转一转,看人捡海菜,捞海带,好像没有遇到小说里写的少女吧?都说《尤利西斯》是"天书",难读,其实,有五六千条注释帮忙,已经容易多了。不过,要深入理解,的确需要很多相关知识和阅读才行,我自不量力,那几年一直在乔伊斯的海洋里遨游。这书是热气腾腾的豆腐，心急吃不得，还会烫着，完后大骂：这是一堆什么乱七八糟的东西！当代读者最大的挑战恐怕是耐心和细心，有了这些，你才能在迷宫里不断发现精彩绝伦的细节。每次去海边，看的都是这片海，可是每一次都有新的发现，《尤利西斯》也能做到这一点。一头扎进乔伊斯的文字中时，是在肢解作品，而放下书，又会觉得，它的结构编织得浑然一体，这个作者真了不起。

中译本前面有一篇萧乾题为《叛逆·开拓·创新》的序言，他介绍的乔伊斯，很符合我的想象。一九〇七年，乔伊斯在的里雅斯特的演讲中，这样评价他的祖国的："爱尔兰的经济和文化情况不允许个性的发展。国家的灵魂已经为世纪末的内讧及反复无常所削弱。个人的主动性已由于教会的训斥而处于瘫痪状态。人身则为警察、税局及军队所摧残。凡有自尊心的人，绝不愿留在爱尔兰，都逃离那个为天神所惩罚的国家。"这个大师，不是仅仅靠玩点什么"意识流"手法得来的，他的目光何其敏锐、深刻。《尤利西斯》出版后，据说爱尔兰一位国务大臣登门拜访乔伊斯，表示要把它推荐给诺贝尔奖委员会，乔伊斯的答复是："那不会给我带来那个奖金，倒会使你丢掉国务大臣的职位。"乔伊斯说得没错,保守的诺贝尔奖最终没有授给乔伊斯(也可以说,乔伊斯没有给诺贝尔奖显示荣耀的机会),哪怕名声大噪,乔伊斯总是"异端""非主流"。——我认为在二十世纪九十年代,我的精神成长期,乔伊斯的选择(包括他后来执意要写一部《芬尼根守灵》)给了我很大的暗示、鼓励或者说精神支持,我需要一种力量告诉我:走自己的路,头也不要回。

　　二十多年来, 我买了能够买到的所有的中文版乔伊斯作品、传记和研究著作,塞满了书橱好几个格,而且遇到新出的,还是一如既往地掏腰包。《尤利西斯》,金隄的译本也买了,还有以前的节译本,直到去年在台北,厚厚的两大卷九歌版的金隄译本, 我还是依旧不计重量地背回来,哪怕家里早有了人文版的,可见,我对乔伊斯的热情始终不减。研究资料最初并不多,传记就是薄薄的小本,后来艾尔曼的《乔伊斯传》中译本出版,让我饿狼般大快朵颐。可是,我还是要提到陈恕的《〈尤利西斯〉导读》,这是一本小册子,可是当年读《尤利西斯》,它帮了我很大的忙。后来,我有幸多次见到温文尔雅的陈恕教授,他是冰心先生的女婿,我们在一起开会谈的都是冰心。我很希望有机会跟他好好请教一些与《尤利西斯》有关的问题,但是,我总认为自己没有准备好，没有资格跟他谈。去年十月，我突然得到他去世的消息，非常懊悔失去了当面向他请教的宝贵机会。然而，他的书带给我的恩惠永远不会忘，在漫漫阅读之路中，不知道有多少这样的学者给了我不同的帮助，在他们的著作的书架前，我经常向他们表示谢意和敬意。

读《尤利西斯》，再次激起我写小说的热情。初中时，我就尝试写小说，到高中时，虽然学习压力很大，可是，只要有机会，我都会沉浸在虚构的世界中，在毕业时，还在本地刊物上发表过两篇。大学，读的是中文系，中文系干什么？就是正大光明地读小说、写小说嘛，我雄心勃勃，乔伊斯又点燃烈火。我记得《尤利西斯》中提到爱尔兰的民歌《夏日的最后一朵玫瑰》，这是一个好题目，我就拿它写篇小说，表达在炎热的夏天里，我穿行在城市里的感觉。情绪凌乱，不可捉摸，文字也充满跳跃性，我认为这是一篇乔伊斯式的小说。我还写了很多，大学毕业前，我还在炮制长篇小说。不过，作品的命运和人的命运一样，有时候是不由自主的。那时候，精力充沛，写小说的同时，我开始写书评、短评，还有很多研究计划，没多久，这些写作占据了我很多时间，所有的编辑都让我写这写那，没有一位约我写一篇小说。好吧,就这样,脑子里不知道有多少小说的题材都被我搁下了。

不过读《尤利西斯》时,作为《大连日报》的通讯员,我写了很多杂七杂八的文章,采访出租车司机、画廊等,都是耿聆老师布置的任务,是命题作文。它们从未收入我的作品集中,时过境迁,我想没有人会读这些文字,然而,我非常怀念那些写稿的日子,也从不认为白写了这些文字,作为练笔,它们对于我学习使用文字起到了关键的作用,人生从来没有白走的路,写作也一样。我曾在《忧思与行动——冯骥才周立民对谈录》的后记中,写过当年路过人民广场,看着苏军烈士铜像,去世纪街报社送稿子的难忘经历:

我也曾无数次从他脚下走过,特别是读大学的一年冬天,每周都要有一次早起去报社送晚上赶出来的稿子,再赶回学校上课。一来一回,从铜像前经过的时候,我都要多看它几眼,寒风中是稀稀寥寥的几个老人在晨练,是那个持枪迎着风雨的铜像的孤独身影,灰蒙蒙中还有几只白鸽掠过战士的头顶展翅高飞,或是默默站在枪管上静思。那正是我内心比较孤寂的一年，清晨的这幅画面至今仍常常在我眼前浮现。

一九九四年和一九九五年之后，再一次集中阅读《尤利西斯》，是我工作之后再一次走进校园读研究生时。我还记了半本笔记，笔记上显示，二〇〇二年七月九日午间开始读第一章；读到第十七章时，已经是次年的六月十六日午夜。我还写了一段感慨："布鲁姆日午夜十二点，读这一章，看街头万象，此套书是去年文洁若女士寄赠给我的。不想时光流逝，岁月如梭，断续阅读，至今已一年了，尚未结束，甚为徒费时光而懊悔。当自励自强，不浪费时间，勤思苦读为好。"这次重读，跨越两个城市，是在我的生活转换期。二〇〇二年七月，我大约正在为告别生活了十年的城市大连而手忙脚乱，记忆中那个夏天很热。我住在泡崖新区，经常去一家冷面馆吃冷面，好像除了带点冰碴的东西，我什么都吃不下。想不到，九月来到上海，已经立秋，还天天挥汗，而大连的冷面，我又吃不到。二〇〇三年的布鲁姆日，我写下那段话，应当是在上海复旦大学北区的宿舍里。刚刚过去的冬天多雨，春天多阴天，让人的心头阴云密布。北区宿舍外面，有一家卖打折书的小书店，每

241

有新书,大家奔走相告。我隔三岔五就往宿舍拎回一包包书,其中有孙周兴编选的一部《海德格尔选集》(上海三联书店,1996年12月版),厚厚两大卷有一百万字。这时,海德格尔风早就刮过去了,想不到,在读《尤利西斯》的同时,那些阴郁的日子里,我还捧着这部《海德格尔选集》读个不停。我的读书,采取的是涸泽而渔的办法,喜欢这个人,就买来他所有作品的译本,直到最近还在买商务印书馆出版的他的文集。他对于技术的追问、科学与沉思的思考、语言本质的探讨,给我观察身边光怪陆离的消费世界和无所不在的技术控制提供了依据。

转眼间,我已经离开大连超过十五年了,在上海生活的时间已经超过我在大连市区里的生活时间。然而,闭上眼,我发现,我跟乔伊斯对都柏林的了如指掌一样,在大连,我从不迷失方向;而在上海,我从来都没有这种把握。这就是故土?大连,是我的都柏林吗?

五

布拉格,是什么样子,照片上看,很精致、很漂亮,不过,提到米兰·昆德拉,我想到的总是,读大学时,光线不足的宿舍,我是在那里读的这些书。宿舍很狭小,中间有一排公用的桌子,两边是上下床,一个房间有八个人。我们宿舍里曾有一台破录音机,循环不断地放送的是郑智化的《水手》《星星点灯》。我的书都堆在床下的纸箱和皮箱里,每个学期结束带回家,有时候撑不到一个学期,父亲到市里出差时也会帮我捎回去一些。在这样的环境中,坐在书桌前看书显然不大适合,每个人都是躺在床上——这算是私人空间——看书。这个学校显然不是什么好大学,清华、北大学生那种要到图书馆抢座位的情形,我从来没有见过,尽管这里图书馆座位很少,但请放心,座位不用抢,除了完成老师布置的作业,好像没有谁喜欢泡在这里。这个学校里,下了课,女生们都花枝招展地买零食去了;男生们是打扑克,逛大街,看录像,踢足球。这些事,我都不大在行,我所能做的只有:在城市街巷中漫游,在教室里写作(教室里常常还有一位女同学,在抄写、背诵英语单词,偶尔,我们会聊两句,然后又接着各做各的事情。这位同学现在在英国,我经常拿她做例子教导女儿,学习要这样),在宿舍的床上看书。

二十世纪九十年代的中国,比之前少了很多禁忌。像米兰·昆德拉的小说,二十世纪八十年代上半期估计很难在中国顺利出版。有一阵子他的书摆满街头的书摊。这批作品大部分是放在"作家参考丛书"中由作家出版社出版，三十二开本，压膜的封面，印制比较简陋，但是封面设计醒目、有特点。我不知道，那几年它共印了几次印了多少，我看的第一本米兰·昆德拉的小说是《生活在别处》。米兰·昆德拉，何许人也，知道不多，盛传他的小说里性描写很多。那时候，写"性"成了文学作品不可缺少的作料，亨利·米勒的书印得花花绿绿，到处都是。《查泰莱夫人的情人》反复被盗印，我买了一本，看完后塞到床下，没过几天就被同学偷走了。可是，米兰·昆德拉的小说，我一看，就是蜻蜓点水嘛，大失所望。失望之后，发现我没有看懂，不知道他在写什么，书里有大段的议论或曰哲学思考，这叫写小说？继续读他的其他的作品，仿佛又明白了一点什么，特别是看到极权主义下人的扭曲、惊惧和不同选择，似乎也不难理解。当时还有一股昆德拉的语言潮流。比如"媚俗"这个词，不知多么频繁地出现在论文中、媒体里。那是一个商品大潮刚刚开闸的时代，人人一边扬扬自得地"媚俗"，一边故作高雅地批判它，这是很有意思的文化现象。米兰·昆德拉的小说题目，也变成流行语：生活在别处，生命中不能承受之轻，为了告别的聚会……大家不问究竟，脱口而出。

　　我追随米兰·昆德拉阅读，一直到前两年他的《庆祝无意义》，很难说米兰·昆德拉就是多么伟大的小说家。然而，他的小说，尤其是他的小说论，对我是一个很大的冲击，它们动摇了过去接受的很多思想教育，动摇了固有的、单一的小说观念。米兰·昆德拉说过："小说家跟这群不懂得笑的家伙毫无妥协余地。因为他们从未听过上帝的笑声，自认为掌握绝对真理，根正苗壮，又认为人人都得'统一思想'。然而，'个人'之所以有别于'人人'，正因为他窥破了'绝对真理'和'千人一面'的神话。小说是个人发挥想象的乐园。那里没有人拥有真理，但人人有被了解的权利。"他还说："小说的母亲不是穷理尽性，而是幽默。"并强调："我觉得今天欧洲文明内外交困。欧洲文明的珍贵遗产——独立思想、个人创见和神圣的隐私生活都受到威胁。对我来说，个人主义这个欧洲文明的精髓，只能珍藏在小说历史的宝盒里。"这些观点渗透在他的那些谈论"小说的艺术"的随笔中，《小说的艺术》《被背叛的遗嘱》《帷幕》《相遇》，我认为这些作品的贡献不低于米兰·昆德拉的小说。我还记得，最初读《被背叛的遗嘱》，还是上海人民出版社、牛津大学出版社 1995 年版，封面是深蓝色的,有米兰·昆德拉黑白照片,那张面孔似乎很特别。孟湄的译文有些疙疙瘩瘩,但还是震撼了我。我明白了什么样的小说才是真正的小说,好小说,伟大的小说。这些随笔,比大多数中外学者的"文学理论"更让我领悟文学的真谛。读那本书时,大概正是世纪之交,二○○三年余中先的新译本(上海译文出版社),我也读了好几遍。它直接诱发了我的当代文学评论的写作,有米兰·昆德拉树立的这些标准,我对阅读的中国当代小说有了一点点感受和判断,也充满激情地写下一篇篇阅读感受。这要感谢米兰·昆德拉,连文章该如何分章节,调整节奏,并形成统一格局,教我的师父都是米兰·昆德拉。

甚至在我的第一本书《另一个巴金》的后记中都能找到阅读米兰·昆德拉的痕迹,这篇写于二○○一年一月一日,也就是新世纪第一天的后记中,我直接引用米兰·昆德拉的话:

巴金的许多岁月是和我们一起走过的,在这些岁月中,我们又做了什么,我们又是否挺身而出了?对此,巴金感到羞愧,我们就可以大言不惭?这令我想起了前不久看到的一段米兰·昆德拉的话,他说:

"人是在雾中前行的人。但是当他向后望去,判断过去的人们的时候,他看不见道路上任何雾。他的现在,曾是那些人的未来,他们的道路在他看来完全明朗,它的全部范围清晰可见。朝后看,人看见道路,看见人们向前行走,看见他们的错误,但是雾已不在那里。""看不见马雅可夫斯基道路上的雾,就是忘记了什么是人,忘记了我们自己是什么。"我们没有权利因为今天烟消雾散就去嘲笑昨天还在烟雾中跋涉的人们。评判一个历史人物需要放在具体的历史情境中进行分析,说这些并非是推卸历史责任,而只是强调对历史人物所活动的历史环境的了解和认识的必要,对巴金也同样,我们不需要造神,但更不应随便将我们精神和思想文化上应有的积累一笔勾销。

六

回想自己四十年的阅读,我觉得在"在雾中前行"的比喻很贴近,很多书,最初接触时候,我并不十分明了,读过了也不见得清楚,但是,在大家一路相伴的前行中,偶尔回头时,雾消云散,一切都明晰了。这也不等于说,当年的相遇都是错误的，每一段经历都有不可替代的记忆，经历就是不枉的财富，彼时彼地的体验照样值得珍惜。回首来时路，那些带给我深深记忆的书，不可胜数。比如有两套全集，一直与我相伴，《鲁迅全集》《巴金全集》，它是我精神的水源。还有的书，带着记忆的伤痕，我不敢轻易翻起，比如赵振江译的两本洛尔卡的诗集《深歌与谣曲》与《诗人在纽约》，二〇一二年三月，我在季风书园买的，放在枕边断断续续地读着。当年，八月三日清晨，我得到爷爷去世的噩耗，而前一天晚上，我读的就是这诗集，我再也不敢翻开它。近六年过去，我最近才有勇气读下去，读到的一首居然是："谁能说曾见过你并在什么时候？被照亮的黑暗令人痛心疾首！钟表和风同时发出声响，当失去你的黎明升起在东方。"爷爷去世在"黎明"即将升起时，也是上海台风来袭时，文字与心情，有时候真有一种冥冥中的牵扯。记得那天，在机场，我发出这样一则微博：

　　多少年前，他用借来小学课本教我最初认字：人，口，手，山，石，土，田……前几年，眼睛失明，我的书他都读不了。今天清晨，他突然离去。他是我的爷爷，一个月前还跟我说，一辈子吃了很多苦，还做过日本人的劳工。现在终于结束了八十六年的人生劳役,祝福他从此快乐。正赶回家乡路上,据说那里大雨倾盆……

那一刻,记忆和情感,再一次照亮了最初的路。